ラガーマンと
ふたつの川

庵原高子

田畑書店

ラガーマンとふたつの川◎目　次

カバー木口木版　吉田庄太郎
装　幀　田畑書店デザイン室

ラガーマンとふたつの川

第一章　隅田川のほとりから

1

帝国ホテルで結婚披露宴を終えた倉山伊佐男《いさお》となつめは、その夕方、両家の親族に見守られ、ハイヤーで浅草区橋場の新居に向かった。春はまだ浅く隅田川近辺の桜は開花していなかった。

「疲れただろう」

伊佐男は左側に座るなつめに声をかけた。

「少しだけ」

声はかぼそかったがはっきりと聞こえた。角隠しはすでに取られていて、結い上げた高島田の黒髪とその白い横顔が身近に感じられる。昨年晩秋の見合い以来、二度ほど会う機会があったが、ふたりきりになるのはこのハイヤーのなかが初めてであった。

「家に着いたら、すぐに休むと良い」

「いえ、わたくし大丈夫です」

なつめは、休むという言葉に驚いたのか、はっきりとそれを否定した。

見合いをする以前にも、仲人から、身体があまり丈夫でないと聞かされていたが、「大切にいたします」と言って嫁にすると決めた女性である。思いがけない返事に戸惑った伊佐男は、微かな違和感と共に、このひとと少し話をしたいという気持を抱いた。昭和八年三月のことである。

橋場の家の門が木の陰から見えてきた。

近付くと太い門柱には、「倉山容輔《ようすけ》」という大きな表札があり、その下の小さな表札に伊佐男の名が書かれてある。容輔は伊佐男の次兄であり、現在の株式会社倉山商店の代表取締役社長である。ハイヤーは門を潜り、敷地の一角にある離れ屋近くで停まった。ふたりはそこで車を降りる。奥の方に伊佐男が本宅と呼んでいる容輔一家の二階家が見えた。京風の平屋が柳の木の陰から現れた。その小さな家がこれまでの伊佐男の住まいであり、今日からは二十八歳の夫と二十一歳の妻の住む新居になる。木戸を開け短い小道を歩いた。足元には水仙の花が左上には連翹の花が今を盛りと咲いていた。

家のなかは、年季の入った使用人トヨの心遣いで温かい空気が流れていた。

「おかえりなさいませ、お炬燵は温まっております、お酒などの用意もあり、お風呂も沸かしてあります」

と言って、そのまま勝手口から姿を消し、本宅の方角に向かった。

伊佐男は第一番に、奥の部屋の仏壇に向かい手を合わせた。

「両親と、震災で亡くなった姉夫婦と子供の位牌だ」

なつめも同じように手を合わせた。

「さあ、座りなさい」

大き目の掘り炬燵が、茶の間の片隅にあった。

「いえ、わたくしお酒のお燗をいたします。つまみも何か」

なつめは襖障子を開け、台所に向かった。見合い話が出たときから、相手の倉山伊佐男が元慶應義塾大学の学生ラガーマンであり、体格が良くかなりの酒豪である、と聞かされていた。実家の父前原斧治《おのじ》も五人の兄たちも少々の酒をたしなんでいたので、その折々の台所仕事は母から伝授されていた。台所から戻るとき、奥の寝室には、寝床がふたつ用意されているのが見えた。

やがてなつめは燗をした徳利を二本、盃をひとつ、青菜の浸し、鯛の刺身、漬物などを持って現れた。

「猪口《ちょこ》をもうひとつ持ってきなさい。ふたりで改めて祝杯をあげよう」

伊佐男は、盆の上の盃を見て、そう言った。

「はい」

なつめは言われた通りに、自分の盃を持ってきて、炬燵の向かいがわに座った。炬燵の台は幅広く、向き合ったふたりのあいだにはほんの少し距離があった。

「そうだ、猪口はいつもふたつだ」

そしてなつめは、伊佐男が猪口と繰り返す盃にゆっくりと酒を注いだ。注ぐとき袖口から白く細い腕が伸びた。伊佐男はその倍もあるかという太い腕でなつめの盃に酒を注ぎ、「乾杯だ」と声を上げた。その声があまりにも大きく、さらにその飲みっぷりも良かったので、なつめは思わず微笑んだ。

笑顔を見て安心したのか、伊佐男はさらに飲み続けた。初めての夜だ……、と思い、沸き立つ血を感じながらも、言葉が先に出た。

「少し話をしたい。明治三十八年生れのぼくがどのような人間か、これまでどのような経験をしてきたか……、うまくは言えないが……、飲みながら話をさせてもらいたい。良いかな」

「はい、伺います」

炬燵の向うで、なつめは大きく頷く。

「ラグビーの話から、始めたい」

今度は小さく頷く。

そもそもこの縁談は、慶應義塾大学蹴球部のチームメイトのひとりが、前原家の分家に養子縁組したことに始まる。そのチームメイト旧姓萩本昭生《あきお》が直接口をきいたわけではないが、正式な仲人が動いて、見合いをする運びとなった。

「背番号は六番、ポジションはフォワード。前方でスクラムを組む力強い八人のなかの、ひとりだ」

目のまえに、その体格が存在している。

「昭生君のポジションは、スクラムハーフ、と言う。フォワードとバックスのつなぎ役で頭と勘の良さが光っていた」

「ご縁、と思っております」

「最初に言う。ラグビーのボールは、丸くない」

「はい、そのように」

「楕円形のボールだ。バウンドしてどこに転がるかわからない。どこに飛ぶかもわからない。プレーするものにとっては、これは不思議な生き物、といって良い」

なつめの瞳が興味深げに輝く。

「小脇に抱えて走るときのボールの感触は、何と言ったら良いのかわからない。前に進んでいるものの、ボールはうしろに投げなくてはならない。うしろから追って来る敵の吐く息が降りかかる。たちまち倒される」

細い腕が伸びて、酒がさらに追加される。すぐにそれを飲み干す伊佐男。

「スクラムを組んでいるときに、全身から絞り出す力は、どれだけのものか自分でもわからない。一瞬でも力を抜いたら、全てが終わるようなそんな気持で押し合いへし合いする。あちこちから骨のきしむ音が鳴る」

「まあ、痛くないのですか」

なつめは思わずそう訊ねる。

「もちろん、痛い。しかし、それでも堪えて投げ込まれるボールの行先を見なくてはならない。痛いとは言っておられん」

なつめは言葉を失い、また酒を注いだ。

そのスクラムの闇の向こうに、長兄龍太郎《りゅうたろう》と次兄容輔の争いのあった日本橋の風景が見えてくることがあった。しかし伊佐男は、まだそれを言うのは早いと思い、抑え、

「何ごとも、スポーツマン・シップで行う。正々堂々と戦う」

と胸を張った。さらに、

「〝仰いで天に愧《は》じず、俯して地に愧じず〟とチームの監督に教えられた。孟子の言葉だ」

と加えた。

「良い言葉、と思います」

「商いの世界に入っても、それを貫きたい、と思っている」

「はい……」

固い話になったからか、少しのあいだ沈黙が流れた。

伊佐男は話題を変えた。

「刺身を食べなさい。わさびは嫌いか」

「いえ、わさびも醤油も大好きです」

「江戸っ子だな」

「はい、生れたのは久松町、育ったのは本郷ですが」

「ぼくは江戸川の鹿骨《ししぼね》だ。なつめさんの家と違って、先祖は農家だ」

「あの……、どうか、なつめ、と呼んでください」

新妻は、そう言って頭を下げた。

「わかった、これからはそう呼ぼう」

なつめは、早朝から式の準備を始めた今日一日の流れと、新しい生活への緊張感を持続しながらも、これまでにない新鮮な気持を味わっていた。目の前に座る男の太い首、広い肩、そして額に滲む汗の量は、彦根藩の士族の血を引く父親斧治にも、長身で細身の兄たちにも見られない逞しさだ。こちらに向ける目は、特に大きくはないがその瞳には輝きが感じられる。温かい呼吸も伝わってくる。

士族、近江商人の末裔、太物問屋のひとり娘として、父親にも五人の兄にも可愛がられ、成長した娘時代だった。肉親から受ける男性愛に不足があったわけでもない。それなのに、なつめの心には、乾いた土の上に快い水が注がれたような感情が湧いている。

「ラグビーの遠征で、外国にもいらしたと聞いておりますが」

「ああ、上海と香港に出かけた。昭和四年に初めて旅券を取った。パスポートとも言う」

「わかります、パスポートで」

大学出の兄たちが使っていた言葉を耳にしている。

「オール上海との二試合は一勝一敗だったが、オール香港との試合は二試合とも勝つことが出来た。敵のチームは白人がほとんどだった」

「激しい試合だったのでしょう」

「その通りだ。体格もよく筋力がある。しかも鼻息が荒い」

白人の鼻は大きいからな、と言おうとして、伊佐男は言葉を飲んだ。目の前の新妻の鼻は、白人の鼻に負けないほどの高さに加え、良いかたちを見せている。美しい、まるで女神のようだ、と言いたいがそれはこれから先に取っておきたい。なつめは、鼻息、という言葉が可笑しかったのか、着物の袖口を口元に当て笑っている。

「ちなみに、ぼくの血液型はA型だ。パスポートを取得するときに検査した」

「A型ですね、わかりました」

「ところで、なつめさん、いや、なつめの好きなものは何か、教えてくれないか」

伊佐男は口調を変えてそう言った。

「好きなもの……、ありますが、ラグビーに比べますと、ささやかなもので……」

なつめはためらっていた。

「最初に会ったとき、たしか鰻が好きだと言っていたが、食べ物以外で好きなものがあるなら、言いなさい。覚えておきたい」

「それは……、お人形を、集めることです。着物を着た日本人形です」

「ほう、人形を」

「兄が五人おりましたが、ひとり娘で、話し相手が欲しいとき、いつも人形と話をしていました。季節によって着せ替えもいたしました。前原の母は笑っていましたが……」

母こうは、男子を五人産んだあとだったので、娘なつめをとても可愛がっていた。

このところは嫁入りの準備で忙しかったが、三月三日は雛人形を飾り、桃の花を置き、白酒を供え、こうとなつめは香り高い桜餅を味わった。

「女同士のひとときが楽しくて、……結婚したら、女の子が欲しい、と思っていました」

なつめは、はにかみながらそう言った。

伊佐男は何度も頷いて、それらの話を聞いていた。しかし、どこの家にも〝跡継ぎに男子を〟望む伝統があり、まだ娘を持つという実感はなかった。

仏壇の位牌が示すように、伊佐男にもかつて年の離れた姉が存在した。

関東大震災の日、すでに嫁ぎ一子を得ていた長女きいは、本所の嫁ぎ先で潰れた家の下敷きになって、息絶えた。子供を抱いたままだったという。その夫も火災に巻き込まれて命を落とした。

亡姉を偲びながら伊佐男は言う。

「浅草近辺には、人形を商う店が多くある。落ち着いたら、店を回ってみると良い」

「有り難うございます」

なつめは涙が出るほどの嬉しさを覚えていた。こうは、女の子が生まれたら、この雛人形は橋場の家に届ける、と約束してくれた。伊佐男の質問はさらに続く。

「家計費は、一ケ月どのくらいが良いかな」

なつめは父親から与えられた多額の預金通帳を頭に置いて、少なめの金額を口にした。

「それでは、足りん。その倍に決めよう」

驚く間もなく、その金額が紙に書かれてしまった。しかし、金銭感覚の乏しいなつめは、正直なところ安堵していた。


ふと気が付くと、炬燵の炭火が消えかかっていた。

「炭を足しましょう」

なつめが立ち上がりかけると、

「いや、良い。それより風呂に入って早く寝なさい」

と伊佐男は促した。

なつめは、「いえ、それは」と首を横に振り、

「どうぞお先にお入りください」

と畳に両手を突き、頭を下げた。

「そうするか」

伊佐男は立ち上がり風呂場に向かった。なつめは湯加減を見ただけで、その後は炬燵台のうえの食器を丁寧に片付け始めた。その仕事がすっかり終わらないうちに、伊佐男は風呂から出て来た。いつもゆっくりと風呂に入り、家族に〝長風呂〟と言われていた父斧治に比べると、かなりの早さである。すでに寝間着に着替えている。そして、

「明日はいつも通り、店に行く。きみも早く風呂に入って寝なさい」

と声をかけて寝室に向かった。

「話の続きは、また明日の夜だ」と言いながら。

すぐに風呂に入ってなつめが寝室に向かったとき、伊佐男はすでに眠っていた。

2

翌朝、伊佐男は出勤した。

玄関を出るとき、伊佐男は、

「本宅の義姉《ねえ》さんに、挨拶をしておいてくれ」

と言った。

「はい、そういたします」と答えたなつめは、昼前に本宅を訪れ、容輔の妻十志子《としこ》に挨拶をした。義姉に当たる十志子は、長身のなつめに比べるとやや小柄ではあったが、丸顔の美しい女性であった。すでに三歳と一歳の男子を産んでいる。

「これからよろしくお願い申し上げます」

なつめは深く頭を下げた。五人の兄が、結婚するたびに、義理の姉がひとりずつ増え、そうした関係に慣れているつもりであったが、義姉であると同時に夫の上司、それも社長の妻となると、これまでにはない緊張感を覚えた。

「如何でしたか、昨晩は」

「はあ、あの……」

その細めた目に、〝ずっと話をしておりました〟と言い返すことも出来ず、黙って微笑みを返した。

倉山商店は、日本橋小網町にあった。間口が左右に広い二階建て、正面に社名の入った看板のある堂々たる和風建築である。

社員数は、本社そして全国の支店勤務を合わせて百人余、俵、叺《かます》などの藁工品、麻袋などを製造販売し、倉庫業も商う大店である。〝ふくろものや〟と呼ばれているが、小奇麗なハンドバッグ、手提げかばんとは違う、米、肥料、セメント、土などを入れる業務用外置きの袋である。すでに株式会社になっているが、社長はじめ社員は以前通り〝店〟と呼んでいる。日本国内の支店は、近県の茨城、静岡をはじめ、九州の柳川、北海道の小樽と広げている。父親からこの仕事を受け継いだと言っても、現社長三十三歳の倉山容輔は、守るばかりではなく、さらに間口を広げようとしている。

昭和六年九月の満州事変、続いて昭和七年一月の上海事変により、市場の拡張が進んでいた時代である。血気盛んな社長は、当然のように大陸進出を狙っていた。

伊佐男が会社に顔を出した途端、父親の代からいる店の番頭塩田、経理課長の元橋、営業マンの勝俣、池端は驚いた顔を見せた。塩田と元橋は四十代、勝俣と池端は伊佐男と同じ二十代である。

「常務、今日はお休みか、と思っておりました」

塩田の声は番頭らしくかなり太い。

「今日一日ぐらいゆっくりされて、よろしいのですよ」

と言う元橋の声は女性のように高く柔らかい。経理以外にも倉山一族の動きに、気を配るところは、男性の域を越えている。

「ご無理なさったのでは……」

「そんなことはない」

勝俣は目を細めて笑い、丸眼鏡の池端は黙って頭を下げている。

四人と、部屋の隅でタイプライターに向かう女子社員らに向かって、伊佐男は、

「年度末です。会社は忙しいのです」

と言って、姿勢を正した。

確かに三月は年度末で、帳簿の整理、確認、役所への提出、さらに農地への藁の発注、支店への出張など、仕事は山積みである。

社長は少し遅れて店に来たが、伊佐男が出勤していることについて何も言わず、顔を見るなり、「満州の地理を調べる。手伝ってくれ」と仕事の話をした。地図は数日まえに丸善で購入したばかりだった。

「遼東半島はこれだな。そしてここは旅順口」

「二百三高地から一望出来る、と」

伊佐男はあらかじめ学習していたことを話す。

「近くに大連がある」

「貿易港であると同時に、海浜風景の名勝地です。緯度は日本の仙台とほぼ同じです」

広げた地図に見入る容輔の瞳は、昨日行われた弟の祝い事などすでに忘れている実務家の色

が浮かんでいた。平素は凜々しい顔立ちで身長もある。慶應義塾大学の理財科を首席で卒業した容輔は、在学中、経済研究会と弁論部に所属していた。知識があるうえに弁が立つので、仕事の合間に頼まれれば関連団体の講演会にも出向いていく。

伊佐男は、社長に何も言わせないために、今日店に来たような気がしていた。

伊佐男は六時まで働いて、七時には橋場の家に帰っていた。すでに地下鉄の銀座線が開通していて、日本橋―浅草間は地下鉄に乗り、浅草からは隅田川沿いを橋場まで歩いた。車を使うことも出来たが、川風に吹かれて新妻の待つ家に向かうのも、快い感覚であった。

玄関で出迎えたなつめは、

「おかえりなさい。今日は昼前にご本宅に挨拶に行ってまいりました」

と報告した。

二日目の夜、伊佐男は炬燵に入り、また猪口を手にした。歩いたあとの酒の味はまた格別なのだ。そしてまた話を始めた。炬燵台のうえには、魚介と野菜を酢味噌で和えた饅《ぬた》などのつまみが置かれている。

「今夜は別の話をしようと思う」

伊佐男は前置きをした。

「さあ、一杯飲みなさい」

なつめは、これは習慣と覚えたかのように、猪口を手にする。喉に流し込む。すると伊佐男は安心したかのように、話を始める。

「昨日、式と披露宴が終わったあと、葉山の龍兄さんは、すぐに帰ってしまった。家が遠いということもあるが、それだけではない。龍兄さんは、倉山龍太郎という祖父と親父の名を継いだ、れっきとした倉山家の長男で、歳は容兄さんより四歳上だ。それなのに、倉山商店の跡を継いでいない」

なつめは、午前中に本宅を訪れた前後、浮かんだ疑問を思い出していた。伊佐男は次兄の家を〝本宅〟と呼び、さらに家長と仰いでいるのだ。

「親父は、関東大震災のあと、何とか店を復旧させた。地方支店の利益がかなり出たので、世界恐慌も何とか乗り切った……、と聞いている」

「ぼくが慶應の普通部に入って二年目、親父は慶應義塾大学を卒業した龍兄さんをドイツに留学させた。西欧の経済学を学ばせるため、と聞いている。もちろん親父は龍兄さんを店の跡取りにしようと考えて育てた。最初一年間、と言っていたが、なぜか一年延びて二年になった。勉強熱心ゆえと誰もが思い、帰国を楽しみにしていた」

ひと息ついたとき、なつめは伊佐男の猪口に急いで酒を注いだ。

「無事に帰ってきたが……、あのときの親父のがっかりした顔は、今でも忘れられない」

猪口をまた差し出す。

「数日後、歓迎会を開いた。みんな土産話を聞きたがっていた。もちろん商いの話だ。しかしそこで見せられたものは、何とベルリンで買った新品のヴァイオリンだった」

「まあ、ヴァイ、オリン、ですか」

なつめは驚きの声を上げた。

「しかも、皆のまえでそれを弾きだした。ぼくには、キイキイという音にしか聞こえなかったが、あとで聞くとそれは、シューベルトの〝菩提樹〟という曲だった」

「まあ」

なつめは、本郷の誠之小学校から跡見女学校に進んだ才媛である。その曲は音楽の時間に学び知っていた。

「まだこの墨田川界隈には、昼と言わず夜と言わず三味線の音色が聞こえていたころだ。龍太郎兄は、経済学どころか、ドイツ音楽に魅せられてしまった。周囲からは、〝かぶれた、西洋にかぶれてしまった〟〝大変だ〟という声が聞こえていた。……福沢先生は、早くから〝脱亜入欧論〟を唱えていらしたが……」

と、壁にはめ込まれた本棚を指さす。

「……庶民の心はまだ日本の文化、習慣に染まり切っていた」

見ると、慶應義塾大学の創設者の全集が並んでいる。

「それでも親父は諦めきれず、何とか龍太郎兄を跡継ぎにと願って、可愛がった」

なつめの家も太物問屋も、幸いにも長兄が跡を継いでいたので、他人事とは思えない気持で、話を聞く。

「ことはそれで収まらなかった。慶應義塾の理財科首席卒業の容輔兄さんが、〝何て馬鹿な話だ〟と怒りだした。留学にかけた費用は、商いに還元されるというのが、商人の常識だ。それから始まったのが、容輔兄と龍太郎兄の争いだ」

なつめは、驚くよりも怖さを覚え、胸に手を当てた。

「ぼくは幸い、普通部からラグビーを始めたので、日々の練習、試合、さらに遠征と忙しくなった。三男坊は気楽だったと言えばそれまでだが……、親父が生きているうちはそれでも何とかなっていた。長男であっても、分家して別の仕事をしたい、と龍太郎兄が言い出したときも、そんな馬鹿なことをと、引き留めていた」

話はさらに続く。

「……日本橋事件のあったのは、親父が亡くなって間もなくだ。店の者が気付いて知らせてくれたので、急いで日本橋のたもとまで走って行った。先に獅子の像が見えた。そこから少し入ったところで、長兄と次兄が言い争っている。ようやく橋にたどり着いたときは、橋の縁近くにいる龍兄さんの手には木札の付いた大きな鍵がぶら下がっていて、今にも川に落しそうだった。あれは確か、店の金庫の鍵だったと思う」

「……店のものと力を合わせて、ふたりの体を押えた。ぼくは容兄さんの腰を、店の者は龍兄さんの腰を抱えて、夢中で引き離した。故意に、鍵を橋の下に落とそうとしていたのか、引き渡そうとしているうちに争いになったのか、それはよくわからない。まもなく龍兄さんは分家して葉山に、そして容兄さんが社長になった」

「……それ以来、ラグビーでスクラムを組むと、そのときのことを思い出す。全身の力を籠めたのはどちらも同じだ」

改めてなつめを正面から見て、伊佐男は微笑んだ。

「しかし、本宅のことは特に気にしなくて良い。ぼくはどちらの兄とも争っていない。葉山の兄とも仲が良い、容輔兄さんには内緒だが、時折ご機嫌うかがいに行く」

「お話、よくわかりました。立ち入ったお話を聞かせていただき……、有り難うございます」

なつめは礼を述べた。他人行儀ではなく、心を割って話してくれたことが嬉しかった。愛おしさが増したようにも感じられた。

「〝家に秘密事なし〟というのも、福沢諭吉先生の教えだからな」

伊佐男は、そう言って苦笑いをした。

「さあ、飯を食おう。そして早く休みなさい。疲れが残っているだろう」

苦笑のあとは、声を上げて笑う伊佐男だった。そしてその夜もなつめには指一本触れなかった。

3

次の朝も、伊佐男は定時に出かけ、定時に戻ってきた。胸に溜まっていた話を、言葉にして吐き出し、それが相手の耳に届いたと確信するたびに、新妻との距離が狭まっていくような気持であった。少しずつ変化してくるなつめの表情にも、似たような反応が感じられた。

三日目の夜、思いがけずなつめの方から質問が発せられた。

「皇宮警察に、勤務されていたことがある、と仲人さんから伺いましたが、どのようなお仕事をなさっていらしたのでしょうか」

「そうだ、その話はまだしていなかったな。わずかなあいだだったが、確かに、宮内省に創設された皇宮警察署に勤務していたことがある」

伊佐男は記憶を呼び戻すように、しばらく考えていたが、すぐに話を始めた。

「明治のころは、〝聖域に犯罪なし〟と考えられていた。かつて親父もそう言っていたが、関東大震災や世界恐慌のあとは、人心の乱れを恐れたのか、天皇や皇族の護衛、皇居の警備、消防設備などが強化された。近衛兵とともに特別警察みたいなものが設置されていた」

「志願なさったのですか」

「いや、志願したわけではないが、どういう訳か、ぼく宛に〝志願書〟の書類が届いた。健康な男子だったからな。当時は皇宮警察署に入るのは名誉と言われていた。親父は喜んで、おまえ店に入るまえに、ちょっと修行してこい。箔が付くぞ、と言った。それでその書類に、住所氏名、志望理由などを書き込んで返送した」

「見事合格したのですね」

「ああ、出身大学に加え、ラグビー部出身が効いたのだろう。身長体重はあり、筋肉も付いている。暴漢に襲われても簡単には倒れないと」

「それで、お仕事はどんなことを」

なつめは興味ありげに、伊佐男の顔を見あげる。

「桜田門の門衛だよ。それも夜警だ」

「まあ、それはご苦労なことでした」

労いながらも、なつめは少し笑い声を洩らした。このひとが、夜警をしていたら、たいていのひとは近付かないと思えたからだ。

質問で、受け身に立った伊佐男には、思いがけない甘えが生じていた。

「いや、苦労は何もなかったよ。不審者も現れず、もちろん銃声も聞こえず、暴漢にも襲われなかった。翌日は休みをもらえたから、その後はゆっくり眠ることも出来た。……しかし忘れられない風景がある」

伊佐男は軽く肩をすくめた。

「何でしょう」

「桜田門から、夜ごとに見える銀座の灯りだ。夜空を染める赤、青、黄色などの、ネオンの光だ」

「まあ」

「あの辺りに、黄色く光るのが、銀座ライオンの店かな、こちらに光るのは何の店か、などと想像した。とにかく、その灯りが恋しくてたまらなかった。すぐにでも行って、うまい酒を飲みたかったなあ」

「まあ」

なつめは着物の袖を口元に当てて、笑いをこらえていた。

「かりそめにも、御所の安全を守っていた男が、不謹慎だと思うか」

「いいえ」

なつめは大きく首を振った。

「本音を聞かせてくださり、嬉しゅうございます。〝人間には百八つの煩悩がある〟と両親から聞かされておりました。そのお気持、……無理もないと思います」

話をするそのぶ厚い唇を、可愛らしい……、と感じてもいた。

〝煩悩〟という言葉は、実家で除夜の鐘を聞くたびに、耳にした。最後の鐘が鳴り終わると、皆で〝おめでとうございます〟と新年の挨拶を交わす習慣だった。

「そうか」

伊佐男は安堵していた。母親を亡くして以来、ひとにこのような話をすることはなく、こうした返事を聞くこともなかった。この時代、公の場において男の弱音は禁物であった。任期一年を無事勤め上げ、それから倉山商店に入った。

「まあ、あれもひとつの経験だ。箔が付いたわけでもなかったが、遊んで酒を飲んでいるときにも、働いているひとがいる、と知った」

なつめは〝同感です〟という意味の微笑みを返した。気持の距離は縮まっていたが、男女の身体の距離はまだそのままだった。伊佐男はその夜も、風呂に入ってまた眠ってしまった。

4

四日目は、店が半ドンの日であった。昼に戻ってきた伊佐男は、待っていたなつめと共に昼食を取った。食後の茶を飲んでいるとき、伊佐男は妻に声をかけた。

「外に散歩に出よう。少し歩かないか」

「でも、片付けものが」

「それはトヨに任せるが良い。良い天気だ」

なつめは急いで身支度をし、あとに従った。

隅田川沿いをしばらく無言で歩いた。空は青く、その色が川面に反射していつにない光沢を見せている。小舟がのんびりと行き交っている。土手に並ぶ桜の木の枝には、今にも咲きそうな蕾が並んでいた。風もほとんど吹いていない。なつめは暖かさを感じ、家を出るときに羽織った肩掛けを外し、手に持った。

伊佐男は呟く。

「川はいつ見てもいいな」

「はい」

なつめはそう答える。

「川には縁がある。生まれたのも江戸川の近くだった」

「はい」

「蜻蛉取りに、河原を走った。親父と一緒に魚釣りをしたことも」

「そうでしたか」

「親父は、小さなミミズを、器用に、釣り針に括り付けた」

「ミミズ、ですか」

なつめは、少したじろぐ。実家の庭に出没し、体をくねらせるミミズは苦手だった。

「親父は手先が器用だった。いや、親父ばかりではない。祖父も、ぼくら一族はみんな手先が良く動く一族だった。そして知恵もある」

話はミミズから、本題に入っていた。ふたりの足は言問橋方面に向かっている。

「先祖は、貧しい農家だった。農民一揆にも参加したと聞いている。それゆえ、どうしたらこの貧しさから逃れられるか、考えていたのだろう。……それも農繁期は考える暇もなかった。農閑期に、働くことを考えた」

隅田公園に近付いて、ふたりは園内に入り、ベンチに座った。

「藁から縄を綯《な》う。もちろん手で綯うのだ。足の指にその根元を挟んで抑え、藁を数本ずつ足しながらひたすら手を動かす」

なつめは熱心に耳を傾けている。

「うまく綯えれば良い値がついて売れる。そのうちに筵を編むことを考える。叺《かます》も同じだ。やがて製筵機を使うようになる。次々と手先と知恵で、それらを制覇したという」

「見習いたいと思います」

なつめは伊佐男の吐く熱い息に圧倒されていた。

「農家の稼ぎより、藁工品の稼ぎが増えたとき、農地を売って店を持つことになった。その決断をしたのは祖父だという。周囲の農家からは冷ややかな目で見られていて、一か八かの勝負だったらしい」

「背水の陣ですね、まさに」

「そうだ」

伊佐男の目となつめの目はそこで合い、笑みが浮かんだ。

しばらく微笑み合ってから、伊佐男は言う。

「そんな事情があって、江戸川は懐かしいが、今は彼の地に縁者もいない。父も隅田川沿いの地が故郷だと思っていたようだ」

そして伊佐男は両手を差し出し、

「ぼくは、先祖代々のこの手に感謝する。この通り太い指だが、ボールさばきもなかなかと言われていた。包丁を使って魚もさばける。くぎを打つことも鉋をかけることも……」

「そして知恵もおありになる」

なつめはそう付け加えた。公園内には子供たちの声が聞こえていた。遠くにアサヒビールの建物が霞んで見えた。

その夜ふたりは、ごく自然なかたちで抱き合った。四日目の、春の夜のことであった。

なつめは生涯、その四日間を忘れず、中年になってからも、その話を貴重な恋愛期間のように、ひとに話し、そのつど頬を染めた。

伊佐男は、中型のノートに、その四日間の出来事を書き残している。なつめがそのノートを読むのは、まだ先のことだ。

第二章　皇太子誕生、さらに誕生

1

五月早々、なつめは体に変調を覚えた。

〝夏蜜柑の皮をむき、その身を器に盛り、砂糖をかけて食べると美味しい〟何げなく、手紙にそう書いて送ったところ、母こうは急いで橋場にやってきた。

「なつめちゃん、お目出度では」

そう言われて、急に恥ずかしさが湧いていた。母は馴染みの産院に連れて行こうとしたが、「だんな様に第一番に知らせたい」と帰りを待った。伊佐男はその話を聞いて大喜びすると同時に、その華奢な身体を案じた。

そのころ神田駿河台に、評判の高い産科病院があると聞いていた。創設者は帝国大学卒業者で、ドイツのミュンヘン大学で産科学を学んだ浜田玄達という医師である。病院の名は浜田病院。伊佐男は、すぐにその病院に行く手はずを整えた。当日の付添人は母親の前原こうであったが、全ては伊佐男の働きだった。診察の結果、目出度く懐妊、出産は来年一月とわかった。

その折の面接で、なつめは医師から、

「血液中の赤血球数が、正常範囲に届いていない。やや貧血気味だ」

と言われた。血液型はO型であった。出産後、輸血が必要な場合もあると言う。さらに、

「豚肉のレバーや、鳥のもつなどを食べると良い」

と教えられた。

「はい、そのようにいたします」

「くれぐれも大事にしなさい」

「はい」

帰りの車のなかで、伊佐男は言う。

「日本一の病院だ。日本一の子供が生まれることを願う。男子でも女子でも良い」

なつめはやはり女の子が欲しいと思っていた。

「いろいろと有り難うございました」

その夜は安堵の気持とともに床に就いた。


その数日後、新聞ラジオによって、昭和皇后様が五回目のご懐妊をされたというニュースが

流れた。これまでの四人のお子様は内親王様（女子）ばかりで、皇室も国民も親王様（男子）の誕生を切に願っているところであった。予定日は、昭和八年十二月下旬と伝えられる。初の親王様ご誕生に期待が寄せられた。国民の志気が高まり、景気が上向きになれば、商いにも反映されるので、店としても目出度いことであったが、なつめは間もなく迎える梅雨の季節そして猛暑の夏を案じ、落ち着かない気持であった。

伊佐男が静岡支店に出張する日などは、本郷の実家に帰って養生した。伊佐男もそれを望んでいた。支店は掛川市にあり、支店長は伊佐男の従兄弟、倉山守男《もりお》が務めていた。先代龍太郎には弟がふたりいた。守男はすぐ下の弟の息子であった。

実家に帰ると、両親はもちろんのこと、別棟に住む長兄夫婦も歓迎してくれた。長兄永一郎《えいいちろう》の妻晶子《あきこ》は内裏雛のような上品な顔立ちで、墨筆、礼儀作法などにも優れ、なおかつ優しい女性であった。晶子はすでに四人の男子を産んでいたうえ、なつめの子供時代をよく知っていた。

「ご主人様ご主張で、お寂しいでしょう」

「ええ、でも明後日には戻ります」

なつめはその義姉に甘えて言う。

「お義姉さん、わたし、娘のころ歌舞伎を観て、わからなかったことがあるの」

「何でしょう」

「曾根崎心中を観たときのこと」

「と言うと」

「心中するひとの気持が、わからなかった。でも今は……」

「今は、どうなの」

「伊佐男さんといっしょになって、わかるようになったわ」

「まあ、なつめちゃん」

晶子は微笑みながら、ほんの少し声を洩らした。

「良かったわ、お幸せなのねえ」

実家の空気を吸えば、そんなことを無邪気に話すなつめであった。

その夏は暑かったが、なつめは無事に五ケ月目の腹帯を締めることが出来た。


秋の彼岸に、容輔が代表者となり、深川の浄心寺で父親の法要を行った。その席でなつめは、義姉の十志子が三度目の妊娠をしたことを知る。

「男の子をふたり産みましたので、次は女の子を、と願っております」

そして、なつめに向かって、

「あなたは初めてのことですから、やはり男の子がよろしいですね」

と言った。

なつめはひと前で頷くしかなかったが、やはり女の子が欲しい、心の優しい、そして話し相手をしてくれる娘が良い、と願っていた。

木枯らしの吹く季節になった。隅田川には枯葉が流れ、土手に吹く風も冷たくなっていた。細い身体なので、日々膨らんでくる腹は、着物のうえにコートを羽織っても、それとわかる曲線を描いていた。

風邪を引かないのが何よりであり、なつめは浜田病院の指導のもとに、鳥鍋に葱をたくさん入れ、鳥のもつを食べるように努力していた。三番目の兄久造《きゅうぞう》が病気がちで、豚のレバーを食べるという話も知っていた。魚と野菜、そして穀物の食事という長い歴史のなかで、当時動物の肝は栄養がある、精が付く、と言われていた。血管壁に沈着すると害になる〝コレステロール〟という言葉は、まだ一般には普及していなかった。

夫伊佐男の心配は当然であったが、やはり兄容輔の存在のもと、会社内で家の話をするわけにはいかなかった。居ても立ってても居られない気持でいたのは、実家の両親であった。六人目にやっと生まれた女の子ゆえ甘やかし育ててきたのは事実であったが、物心そして時間にも余裕のある年齢になっていた。母こうばかりではなく、すでに長男に店を任せていた父斧治は、日中橋場の家に顔を出すこともあった。

師走に入って、なつめはトヨとふたりで、家の障子を張り替えていた。紙は日本橋の榛原《はいばら》で買い、糊も、正麩を使って拵えた。嫁に来て初めての正月と思い、割烹着を着て張り切った。

頭には手ぬぐいを被り、甲斐甲斐しく働いているところに、突然斧治がやってきた。

「何だ、おまえ、働いているのか」

斧治は驚きの声を上げた。

「九ケ月の身重というのに……」

古紙を剝がし、きれいに洗った障子のまえで、糊刷毛を持って動く娘の手を見ている斧治の目からは、涙がこぼれていた。

「お父様、わたくし大丈夫ですよ」

そう言って、なつめは笑った。

「こんなことをさせるために、嫁にやったのでは……」

年齢のせいか、父斧治は涙もろくなっていた。

「あとで美味しいものでも食べるが良い」

と言って、小遣いを置いて帰って行った。

橋場の家の障子がすべて奇麗に張り替えられ、夫の伊佐男は、

「今日の酒は格別の味だ」

と喜んだ。

2

その翌日のことだ。

日本国民は、親王誕生のサイレンが二度鳴るのを聞いた。待ちに待った大日本帝国の皇太子、継宮明仁誕生である。

夜の街は騒々しくなった。提灯を持ち、行列を作ってお祝いをするのである。伊佐男と身重のなつめは行列に参加しなかったが、門口まで出て、その街の行列を眺めた。隅田川の川面には赤い提灯の影が映り、川の色も平素とは違った喜びの色になっていた。

しかし師走の風は冷たかった。

「寒いから、家に入ろう」

伊佐男はなつめの体を案じてそう言った。

日の出だ日の出に　鳴った鳴ったポーオポー
サイレンサイレン　ランランチンゴン
夜明けの鐘まで　天皇陛下お喜び
みんなみんな拍手　うれしいな母さん

皇太子さまお生まれになった

そんな歌が巷に流れるようになった。本宅の子供たちもどこかで覚えたらしく、大声を上げて歌っていた。そんな興奮状態は消えないままに、年の暮れになった。

なつめは本宅に出向き、義姉十志子から、倉山家の雑煮の作り方を習った。

その雑煮は、江戸川村発祥の小松菜を使うことはもちろんのこと、鶏肉に加え、大根、人参、葱、里芋などの野菜、さらに椎茸が入る汁に餅を入れ、最後にゆずの皮を入れる雑煮だった。前原家伝統の雑煮野菜は、小松菜と葱のみだったので、なつめは最初驚いたが、「栄養があるのよ」と言われ、思わず腹に手をやった。七年まえ、十志子が嫁に来たときは、龍太郎、容輔、伊佐男の母阿佐《あさ》はまだ生きていた、という。なつめは、姑阿佐から兄嫁十志子の手を経て、雑煮とおせち料理の作り方を伝授されていた。

おせち料理とともに、酒と酒のつまみを用意した。数の子はひと晩水に漬け塩抜きしてから、薄皮を剝がした。何より多いのは、用意する酒の量であった。

家のなかでは多いと言っても、一升瓶が五、六本、という量であったが、小網町の店では四斗樽を用意して、訪れる客に振舞うので、桁が違っていた。

当時の商人仲間には、「盆と正月はとくべつだ」という思いがあった。そして酒は〝浄めの水〟と考えていた。いや、酒好きの倉山商店がその説を、まったく否定していなかったのである。

それでも、浅草寺から流れる除夜の鐘を、新婚夫婦のふたりで聞くことが出来た。昭和八年から昭和九年に、干支では酉年から戌年に替わる瞬間でもある。

伊佐男は食卓に座り盃を持つまえに風呂に入り、このときに備えた。鐘の音は今年一年の出来事をひとつひとつ思い出させるように鳴り響いた。なつめは目のまえで少しずつ酩酊してくる夫を眺め、（こんなときに陣痛が来たらどうしよう）と思ったが、幸いその兆候はなかった。病院に行く準備はすべて整っていた。

元日は、本宅へ新年の挨拶、改めて家での祝杯、そして二日は前原の両親を迎え、屠蘇を交し、三日は、ほど良い風が吹いていたので、伊佐男は本宅の長男良夫《よしお》と隅田川べりで凧あげをした。日の丸の描かれた凧は高く上がり、見ているものは歓声を上げ、拍手をした。

一月四日、伊佐男は、紋付き袴姿で初出勤をした。社員一同も礼服を着て、年始客を待ち受ける。もちろん四斗樽と盃代りの枡を用意してのことだ。

覚悟はしていたものの、その夜の伊佐男の酔いは、若いなつめの想像を超えていた。夜の十時過ぎ玄関が開く音と同時に、何かが倒れるような大きな音がした。廊下を走っていくと、玄関座敷に大の字になって早くも眠っている夫の姿があった。声をかけても反応がなく、巨体ゆえ動かすことも出来ない。幸い杉下という若い社員が付き添っていて、その手を借りて、ようやく寝室まで運び、紋付き袴を脱がした。

「常務は、多くのお得意さまとお付き合いを……、お酒を飲んでお仕事の話をされて……、これもお仕事です」

と言って杉下は、近くの下宿に帰っていった。

なつめは茫然としてその姿を眺めるばかりであった。これまでの日常が、いや時間というものが止まってしまったように感じられた。

そして呟きのような、夜の闇に向って問うような言葉が生まれる。

こんなにも違うの？　同じお酒でも、家のなかで飲むお酒と、仕事場で飲むお酒とは……。

〝仕事、しごと、シゴト〟という言葉が闇に張り付き、商品の荒縄に身体ごと縛られてしまったような感覚を覚えた。しかし、なつめはこの話をひとに話したくない、一家の主人の醜態は心に秘めようと思っていた。

翌日、一月五日の早朝目を覚ました伊佐男は、すぐに起き上がり、背広に着替え、急いで食事をして、会社に向かった。昨晩の言い訳は一切しなかったが、迎えの車に乗り込むとき、

「産気付いたら、すぐに連絡しなさい」

と言った。それだけでもなつめは嬉しく、走り出した車に深く頭を下げていた。

なつめが産気付いたのは、一月六日の早朝である。

伊佐男は、店から来た迎えの車になつめを乗せ、そのまま神田駿河台に向かった。すぐに連

絡をした前原の両親も、病院に向かうという。

その夕方、伊佐男は元気の良い産声を聞いた。

「おめでとうございます。男子ご誕生、跡継ぎのお生まれですよ」

西欧風の新しい産科病院と言われていたが、〝男子ご誕生〟という声には、日本の歴史を思わせる、独特の響きが感じられた。産婦なつめは、すぐに輸血をする必要があったので、面会までに少々時間がかかったが、七時過ぎに面会が叶った。

「まあ、伊佐男さんにそっくり」

前原の母は、そう言い、「おめでとう、なつめちゃん」と声をかけた。

「さようですか」

伊佐男はそう言って、その顔を覗き込んだ。しかし、男性の伊佐男にその小さな顔の判別は難しかった。

産みの苦しみを終えてほっとしていたなつめも、体を起こしてその赤子の顔に見入った。女の子に恵まれなかったことは残念であったが、これまでにない感動が湧いていた。泣きたい気持もあったが、涙は不吉と言われているので、懸命に堪えた。

「お抱きになりますか」

付き添いの白衣の看護婦がそう言って、赤子をなつめの腕に乗せた。

その細い腕に、産衣を着た赤子が抱かれる。ずっしりとした重さである。体重は八百五十匁《もんめ》

(三千百八十八グラム)、身長は五十一センチ、平均値に届いている。

確かに、目鼻立ち、口元は父親伊佐男に似ていたが、ラガーマンの子という強い印象はなく、穏やかで優しい雰囲気が、見た目にも抱えている腕にも感じられた。なつめは、懐から出した手拭いで、涙を拭っている父にも似ているような気がしていた。

お七夜を前にして、赤子の名前が「泰男《やすお》」と決まった。

「泰」の漢字は、実家の父前原斧治が、かつてその功労により名字帯刀を許され士族になったときに与えられた、斧治の下に付く名、「泰満」からという。

「泰男、良い名前だ」

伊佐男はすぐに賛成した。仕事場では何ごとも譲らない、兄容輔も、その命名には異存を唱えなかった。明治維新後、法律上の特権はなかったが、まだ〝士族〟という言葉が幅を利かしていたころである。泰男本人も、自分の名前の由来をずっと聞かされて育つことになる。

その年の三月、満州国帝政が実施され、執政が溥儀皇帝となる。満州には、康徳《こうとく》元年という新年号が定められる。

伊佐男は出勤して、その新聞記事を熱心に読む。

その五月、泰男は初節句を迎えた。

庭の一角に、鯉のぼりが高く揚げられた。本宅の広い庭にも、長男良夫、次男孝夫《たかお》のために大きな鯉のぼりが揚げられていた。隅田川の風に乗って、双方の真鯉と緋鯉はほぼ同時に腹をふくらませ、大空を力強く泳いだ。なつめの腕に抱かれた泰男は、それを見上げて、笑顔になっていた。

一方なつめの実家からは、子供用の兜と、刀が贈られた。斧治とこうが特別に誂えた品で、黒漆の刀架には、倉山家の紋所が金文字で描かれていた。伊佐男は喜んで刀を抜き、刃先を立てて眺めたが、傍らの泰男は怯えたのか泣き出した。

「弱虫だな、泰男」

「お止めください」

なつめは慌てて泰男を遠ざけた。刃の長さは三十センチほどのものだったが、艶と言い、光具合と言い、本物を思わせる良い出来であった。すぐに刀は鞘に収められ、兜とともに床の間に飾られた。

五月の青葉が、隅田公園に広がったある日、容輔の妻十志子が女の子を出産した。赤子は見るからに母親似で、将来の美貌が予想された。容輔が喜んだのは言うまでもない。福子《ふくこ》と名付けられた。

3

大日本帝国、倉山兄弟の家と、新しい命の誕生に心を沸き立たせているうちに、その年も暮れ昭和十年になった。泰男は満一歳になり、一歩二歩と歩くようになった。

なつめは、すぐにもふたり目を、と考えるほど丈夫ではなかったが、いつか自分にも女の子が、という夢を捨てていなかった。子育てが始まり、人形と遊ぶ暇はなくなったが、人形を着せ替える、という繰り返しのなかで、日々自分が纏う着物、子供に着せる着物と服に、こだわりがあることに気付いていた。

本宅の十志子は、暖かくなると洋装になることがあった。デパートで誂えてくるようで、その体付きに合った裾長の服を着て、同じ色の帽子を被り、日傘を片手に外出をしていた。隅田川のほとりで行き交う人たちはその華麗な姿に、足を留めて見とれることもあった。

しかし、なつめは四季のほとんどを和服で過ごした。家事をするときは、割烹着を羽織る、またはたすき掛けをした。髪の毛も長さを保ち、古風に結い上げていた。

主人伊佐男もそれに賛成していた。兄嫁の十志子の洋装を見ても、「あまり感心しないな」と言って、妻に勧めるようなことはなかった。士族の流れである妻の保守的な好みと、その細身の和服姿が気に入っているのだった。兄嫁の十志子の実家にそうした背景はなかった。

十志子との和を保ちながらも、なつめは、自分の存在を服装で示していた。その意識は、育てはじめた泰男の服装に現れていた。子供に着物を着せる時代は動き始めていて、銀座のサエグサという店に行くと、英国風の紳士が着るような襟元のきちんとした背広型の子供服が売られていた。なつめは、泰男には将来こうした子供服を着せたいと思うのだった。

妻なつめとは違って、伊佐男にはラガーマン特有の闘争心があった。商人によくある山気の気質も、跡継ぎではない自由奔放さもある。それが後々、〝ハセロード〟という競走馬の馬主になり、その馬を優勝させることにつながっていく。

昭和十一年、岡田啓介内閣のとき、東京市内で陸軍青年将校の反乱があった。戒厳令が公布され、政府要人の住む山の手の九段、麴町、赤坂方面には緊張が走った。三日後に鎮圧して、その事件は、二・二六事件と呼ばれるようになった。

他方では、この年、日本競馬会が設立されている。

その春、伊佐男は久しぶりに葉山在住の兄を訪れ、男子出産その他の報告をしている。良く晴れた日で、バスから降りて少し歩くとき、海岸地独特の大き目のトンビが輪を描いて飛んでいた。倉山家の長男、龍太郎の家は県道のトンネルに近い静かな土地にあった。

「もう二歳になります」

「それはおめでとう」

龍太郎は心から祝福してくれた。その妻も現れ笑顔を見せてくれた。どちらも懐かしい顔であった。ふたりの娘はすでに結婚して、近くに住んでいるという。

「どうだね、二代目もラガーマンにする気かい」

「さあ、どうでしょう」

伊佐男は泰男の写真を持参していた。

「顔つきは、ぼくに似ているようですが」

「なるほど」

龍太郎は写真を見て頷く。

「手足が長く、体型が少し違い、性格も穏やかなようで」

「その点は、母親似かな」

「大丈夫です。男の子はいずれ父親似になりますよ」

龍太郎の妻はそう言って、伊佐男を励ますように微笑んだ。中年期に入った夫婦は、この地で仲睦まじく暮しているようであった。茶の間から見える庭の風景にも、落ち着きの色が漂っていた。伊佐男は、ふと思い出して言う。

「深川浄心寺の、信者総代を続けていただき、有り難く思っております」

浄心寺は、倉山家先祖代々の墓のある寺で、父親の法要を行ったばかりでもある。万治元

る。（一六五八）年四代将軍家綱の乳母であった三澤《みさわ》の局ゆかりの、日蓮宗の寺として知られてい

「いや、年に何回か、行くだけのことだ」

龍太郎は苦笑いをした。長男としての役割は、今やこの菩提寺の総代のみになっている。それにも拘らず、亡き父の法要はこの寺で、次男容輔主催で行われている。

龍太郎はかなりの不動産を所有し、それで生計を……、と周囲から聞かされていたが、面と向かって「お仕事は……」と訊ねる勇気はなかった。同じように、龍太郎からも、倉山商店の業績や、容輔の安否を訊ねる言葉は聞かれなかった。

茶を一杯飲んでから、

「本棚を拝見します」

とだけ言って、奥の部屋に入る。

壁沿いの棚には、楽譜と思われる大きなサイズの本が並んでいて、その脇にケースに入ったヴァイオリンが置かれている。さらに『独和辞典』『日独文化交流協会の歩み』『ゲーテ全集』などが置かれていて、ドイツへの関心がいまだ消えていないことが窺われた。

茶の間に戻り、取り寄せた寿司をつまみながら、当たり障りのない雑談を交していた折、伊佐男は、龍太郎の口から競馬の話を聞かされている。

「たまに、横浜の競馬場に行くことがある」

「競馬、ですか」

「もとは、外国人居留者の娯楽施設として、建設された競馬場だ。どことなく異国情緒がある」

「さようですか」

港には外国船の出入りもある。眺めに行って若き日を懐かしむのか、と想像する。

「一昨年、新呼馬〝ハツネイロ〟という名でデビューした馬を応援している」

「ハツネイロ、ですか」

ハツネイロは、初の音色という意味か。それはかつて倉山家の親族、店の職員などを仰天させたヴァイオリンと関りがあるのか。それ以上の質問は出来なかったが、以来伊佐男は、競走馬に関心を寄せるようになった。もちろん、その話は社長容輔に言わなかった。

帰りはもう暗くなっていたので、トンビは見えなかったが、どこからか海の香りが流れてくるのを感じた。頬に当たる風も、隅田川沿いの橋場一帯の風とは違っていた。あちこちから工場の煙が漂ってくることもある。

省線の逗子駅に着いたとき、身体の弱い妻なつめを、海沿いの町に住まわせたらどうか、という案が浮かんだ。葉山は少し便が悪い、逗子か鎌倉が良い、そんなことを考えながら、伊佐男は東京行の横須賀線に乗った。トンネルを三つ越えると、一時間余で東京駅に到着する予定だ。

車中、社長そして次兄である容輔に対するうしろめたさを覚えることはあったが、長兄龍太郎を批判する感情は湧かず、むしろ慕う気持が湧いていた。

その秋、本宅容輔の長男、倉山良夫が慶應義塾大学付属幼稚舎の試験に合格する。

第三章　好景気とともに

1

今や会社と呼ぶにふさわしくなった倉山商店の業績は右肩上がりになっていた。

商品である藁工品は、米俵、叺《かます》、筵など農村の需要が大きく、特に叺は水害などの折、川の土手を守る土嚢としても使われ、国民の命を守る必需品でもあった。麻工品は麻袋に、そして船の係留などに使われるロープにもなる。合成樹脂製品がまだ開発されなかった時代、そうして商売の道が広がっていく。実際には、どれほどの利益があったのか。

昭和の初期は〝炭鉱景気〟という言葉が世間を騒がせていて、日本橋区にその炭鉱所有者の会社があった。危険と隣り合わせの地下労働者によって発掘されている石炭の需要は大きく、その利益はかなりの額と噂されていた。

「その炭鉱会社の所得を、倉山商店が、一度追い抜いたことがあるのよ」

これは、のちに倉山商店繁栄話の〝語り部〟になり、鎌倉市、和田義盛の墓近くの古びた家で、近所の婦人たちに語った、倉山なつめの言葉である。その語りには、独特の音調と真に迫る表情があり、聞く者の心を捉え、真実味を感じさせる。なつめは、いつも最後に、

「この記事は、経済新聞に大きく出ました」

と言って胸を張った。


昭和十二年春、容輔長男倉山良夫が、慶應幼稚舎に入学の運びとなる。次男の孝夫もあとに続くと思われる。場所は渋谷区恵比寿、天現寺近くである。その制服は紺の背広型に白い襟の付く、なつめ好みのスタイルであった。一方父親の伊佐男は、福沢諭吉先生の、

〝先ず獣身を成して後に人心を養う〟

という言葉から、泰男は十歳ぐらいまでは自由に暴れさせたいという教育方針を選ぶ。〝獣身〟はたくましい身体を意味する。幼稚舎という学校名だが、運動に重きを置きながら学問を教える私立小学校として知られている。それは将来自分と同じ大学のラガーマンになったならばどれほど嬉しいか、という思いにつながっていた。

「合格すると良いのですか」

なつめはそれを案ずる。無事に合格した良夫は、父親似で頭が良く、物怖じもせず、その上絵が上手だった。次男の孝夫は運動神経が発達していて、鉄棒の逆上がりなどが得意である。

「大丈夫だよ、何とかなるさ」

伊佐男はそう言ったものの、心配とともに嫌な予感が湧いていた。子供のころから、ふたりの兄の背中を見てきたと同様に、泰男は長男にもかかわらず、ふたりの従兄弟の背中を同じように〝見る〟ことになってしまっている。

泰男の運動神経は、三輪車、竹馬、走る、跳ねるなど日常の動作で証明されていたが、温和な性格は持って生まれたもので、子供同士のなかで競って前に出ようとする気質はないようであった。しかし血筋なのかその手先は器用で、箸の使い方が上手く、「まさに日本人だ」と伊佐男は喜んだ。鋏も危なげなく使えて、画用紙に描いた絵を素早く切り抜いたりしていたが、ラガーマンの父としては、少し物足りない気持を抱いていた。


その年の六月、林銑十郎内閣倒閣後、第一次近衛文麿内閣となる。

七月七日、北京郊外盧溝橋で、日中両軍衝突。支那事変、日中戦争が始まる。

近衛は各界の期待を担って組閣したが、日中戦争の事態収拾に失敗し、戦争は拡大長期化した。


梅雨がそろそろ明けるか、という日の午後、なつめは三歳の泰男を連れて、鎌倉町材木座にある前原斧治の別荘に出かけた。近くの海岸で遊ばせるつもりであった。

この地区の守り神と言われる五所神社の近くに、その別荘はあった。明治時代に五つの神社を合併して作られた神社という。

斧治は大喜びでふたりを迎えた。

「よく来た。当分ここに居るが良い。夕方にはお兄さんたちも来る」

翌日は午前中から浜に出て、大勢で海水浴をした。泰男は、はじめ小さな波を怖がっていたが、すぐに慣れ、波打ち際で、声を上げて遊ぶようになった。従兄たちに身体を抑えてもらい、犬かきの真似ごとも出来て、

「さすが、ラガーマン伊佐男さんの子だ」

と褒められた。

翌々日は雨になった。昨日に続いて浜に行き、泳ぎの練習をするつもりだった泰男はひどく失望した。一日中家のなかに居た。母親の読んでくれる絵本も二度三度となると、あくびが出るばかりだった。しかし橋場の自宅と比べて、この広い家が珍しかった。

母親が台所に行った隙に、この二日、母と一緒に眠った部屋から移動したい気持が湧いた。そっと襖を開けるとその先にも襖があり、また開ける。脇に見える廊下も長く続いていた。廊下を歩くと奥に祖父の部屋らしい和室があった。何故そう思ったかと言えば、和風の机のうえに、いつも手にしている墨書の筆と蓋の空いた硯箱が置いてあったからである。見ると硯には墨汁が黒々と残っている。傍らに半紙も置いてある。

祖父の筆を摑んでみる。その感触は良く、何か書いてみたい衝動が湧いた。

……気が付くと、泰男はその筆を手にして、半紙を黒く塗っていた。二枚三枚と塗った。それは初めて経験する快感であった。そのうちに半紙がなくなった。それでも筆を動かしたい願望は消えなかった。泳ぐつもりで溜めてあった力をその筆に籠めたかった。かといって満三歳と六ケ月、〝先ず獣身を成し……〟という教育から文字を書くこともまだ出来ない。

四枚の襖がすぐ横にあった。

泰男は、筆に新たな墨をたっぷり浸け、襖の左の一枚目から四枚目に向かって横に、太い一本の線を書いた。何回も墨を浸け、手も顔も真っ黒になっていることにも気付かなかった。遠くで母親の、「泰男、やすお」と呼ぶ声が聞こえていた。

斧治は大切にしていた自室の襖を汚されて、少し驚いたようであったが、怒って叱ることはなかった。なつめは泣いて謝ったが、

「元気が余っていたのだろう」

そう言って笑っていた。なつめは男子を育てることの厳しさを改めて感じていた。

一方伊佐男は、縁あってその秋、競争馬ハツネイロを買うことになる。

薬工品協会の会合に出た折、青森県から列車に乗ってきたという取引先の業者に「たっての願いですが……」と言って頼まれた。

牝の鹿毛で、生国は日本、青森県の森田牧場、生誕は皇太子と同じ一九三三年、馬主が老いたゆえ、良い買い手を探している、という。ハツネイロ、という名前は、葉山に龍太郎を訪ねたときの印象が濃く、記憶に残っていたので、〝何か縁がある〟と感じていた。

伊佐男は優しい父親になったばかりではなく、その闘争心の現れから馬主にもなった。そして同時に馬を〝ハセロード〟と改名した。容輔に報告するてまえ、龍太郎が好んだ馬名を消さなくては、という思いがあった。厩舎は東神奈川地区にあり、しばしば足を延ばし、手続きを済ませた。

何も知らない容輔は、「お前の甲斐性でやるのならば良し」と、言い、「出来れば、優勝させろ」と付け加えた。

昭和十二年の暮、一九四〇（昭和十五）年開催と決まっていた、東京オリンピックが中止になったと発表される。

昭和十三年二月二十二日、なつめの実父、前原斧治が病死する。

昭和十三年四月、ハセロードは、横浜競馬場で、帝室御賞典に出走し、見事優勝した。

伊佐男は、義父の弔いの意味も籠めて、一ケ月ほど禁酒して、その勝利を祈った。なつめも同じ思いで手を合わせた。

競馬場に、龍太郎は来なかったが、容輔が出走間際に駆け付けた。一番人気の馬であったが、レースばかりは何が起こるかわからない。幸い当日は晴天であった。

願い通りスタートも順調で、第三コーナーから先頭に立ち、そのまま押し切るという横綱相撲で優勝した。

伊佐男は飛び上がり、ラグビーの試合に勝ったときと同じように、両手を上げて万歳をした。その手の熱が冷めやらぬうちに、帝室ご賞典杯（後の天皇賞杯）が渡された。手にした瞬間の重みは全身に伝わり、汗と涙が流れた。カメラマンが現れ、ハセロードそして騎手の金田とともに、写真を撮られた。容輔も加わって、またシャッターが切られた。容輔の嬉しそうな笑顔を見るのは久しぶりのことであった。Ａ４サイズほどのそれらモノクロ写真二枚は、長く会社に、そして家に残る。

それは倉山伊佐男の人生の絶頂期でもあった。

2

隅田川には、当時ぽんぽん蒸気船と呼ばれる船が運行していた。焼玉エンジンを備えた小型の蒸気船のことで、走るたびにぽんぽんという音を発する。季節が暖かくなると、その音は橋場の家の庭に良く聞こえるようになっていた。

同じ敷地内の居住者ゆえ、休日には倉山のふた家族が本宅の庭に集まり、子供を中心に交流を深めることがあった。その日、芝生のうえにはテーブルと椅子が置かれ、紅茶とビスケットなどが用意されていた。両親といっしょに本宅の庭にやってきた満四歳と三ケ月の泰男は、伯父夫婦に挨拶をしたあと、ビスケットを一枚頰張り、それから従兄の良夫、孝夫と独楽を回し始めた。三人とも手先は器用で、縄の巻き方もうまく、独楽は良く回った。なつめはその様子を確認し、十志子が立ち働くテーブルの方角に向かった。

そのときなつめは、庭の中央に新品の女児の靴が置かれているのに気付いた。冴えた朱色の見るからに上等の靴とわかるものだ。傍らに本宅の主人、倉山容輔が立っている。それはまもなく誕生日を迎えるひとり娘福子への贈り物であった。

福子は、予想通り美しい女の子に成長していた。容輔はこの美しい娘を溺愛し、着物ばかりではなく、ハイカラな洋服、帽子、さらに靴などを買い与えていた。

「これは、我が家のお姫様の履く靴だ」

そう言って、福子の頭をそっと撫でる。さらに、

「この靴は、銀座のヨシノヤ靴店で誂えた最高級品だ」

と言う。

なつめは伊佐男と顔を見合わせ、ほぼ同時に近付いて、両側からその靴に見入る。日の光を浴びて、その靴は光り輝いている。朱色が目に染みるようでもある。型は三段に紐を絡める伝

統的な逸品である。物珍しさと、女児に対する関心が消えないままに、なつめはその靴をしげしげと眺める。伊佐男は「触って良いか」と言って容輔の了解を得て、靴を裏返し、その柔らかさなどを確認した。

「良い革だ。手触りも良い」

「白いお洋服に似合いそうね。よかったわね、福子ちゃん」

それぞれが感嘆の声を放つ。

母親の十志子が、新たに苺とミルクそして砂糖を運んでくる。テーブルのうえに加えられた苺の色が鮮やかに光る。泰男は箸の使い方とともに、この苺をスプーンで潰すのが得意だ。それを皆のまえで褒めてあげる絶好のチャンスでもある。なつめはそう思ったものの、その足は福子の方向に向かっていた。ともかくこの午後の話題の中心は、容輔の愛娘福子であった。

「どんなお洋服が、好きなの」

「福子、レースが好き」

見ると、今日の服にも胸にレースのリボンが付いている。髪の毛は可愛らしく、切り揃えてあり、その顔立ちをさらに引き立たせている。

「まあ、紅一点とは、よく言ったものですね」

なつめは思わず、紅一点という言葉を口にする。結婚以来、本宅の敷地内に入ったら、本音を言わないと決めていたにも拘らず……。

伊佐男はと見ると、容輔と別のテーブルに座り、ビールを飲み始めている。その一瞬、なつめの目の端に、泰男が従兄弟たちから離れて、早足で近づいてくる姿が捉えられた。苺を取りに来たのかと思ったが、そうではなかった。いつもの穏やかで、少しはにかむような表情が浮かんでいると思っていたが、その奥の心は、母親のなつめに読み取れなかった。

泰男は脇目も振らず、中央の〝お姫様の履く靴〟に近付き、その靴を鷲づかみにして、庭の先の隅田川縁まで走って行った。そして一同が呆気に取られているあいだに、その美しく上等な逸品を、川のなかに放り込んでしまった。靴は桜の花びらとともに流れて行ってしまった。驚きの悲鳴が上がったのは、それからである。

運悪く、蒸気船どころか小舟の行き交いもなく、流れて行った靴を拾うすべもなかった。なつめは、寒気のような感覚を覚えながらも、泰男の腕を掴んで容輔のまえに連れ戻し、頭を押さえて謝らせた。母親としても、

「私が、傍に付いていながら……」

と平謝りにあやまったことは言うまでもない。

伊佐男もビールのグラスを置いて詫び、「弁償いたします」と繰り返したが、容輔は、「子供のしたことだ」と聞き入れなかった。

福子は泣いていたが、福子の前に泰男を連れて行くことが憚られた。なつめには、そこからまた泰男の態度が急変するように思えたからだ。……それ以上のことはよく覚えていない。

早々に家に帰り、仏壇に手を合わせた。斧治の新しい位牌が目に染みた。熱い茶を飲んだ。嫁いで五年、色々なことがあったが、このような体験は初めてであった。夫の伊佐男にも詫びなくてはならないと感じていたが、泰男を強く叱る気は起きなかった。娘を欲しがっている自分にも責任の一端があるように思えたからだ。

夫と話し合いが出来たのは、夕食と入浴を済ませ、泰男が眠ってからだった。

「もう気にするな。ぼくはむしろ、良かったと思っている」

伊佐男は、いつものよう盃を手にして、そう言った。

「どうして……でしょう」

「泰男の心のうちが、良く見えたからだ。今までそれがよくわからなかった」

「でも、ひと様のものを」

「それは、もちろん良くないが……」

伊佐男はかつて龍太郎と容輔が争った、日本橋の風景を思い出していた。

「……容輔兄さんには競争心が人一倍あり、そのぶん子供のころから努力をしていた。それが今日の成功のもとになっていることは、間違いない」

「はあ」

「親馬鹿かもしれんが、泰男にも人並みの競争心がある、と知った……、それを良い方向に持っていくのが、親の仕事だ」

「わかりました。そのように考えるようにいたします」

「泰男に、犬を飼ってやろうか、気持が落ち着くかもしれん」

「なるほど、良いお考えと……、常々子犬が欲しいと言っております」

それがこの夜夫婦が出した結論であった。

夜が更けて、床に就いてから伊佐男はさらに考えた。

ふたつの家が同じ敷地内にあることには、疑問を覚えていた。

本来なら、兄容輔の愛娘、福子の存在に嫉妬するのは、その兄良夫、または孝夫であるべきなのだ。それにもかかわらず、泰男があのような……、衝動的な行動を取る。兄たちには、すでに家のなかで見慣れた風景となっていたのか……。

どこかに引っ越さなくてはならない。

なつめの健康のためばかりではない。泰男の将来のためにも……、という思いが湧いていた。

その夜、伊佐男はすぐわきに眠る泰男の顔を見ながら眠った。


夢を見た。

静かな町に川が流れていた。細い川が急に太くなり、その先に海が広がっていた。

水平線には、太陽が沈もうとしていた。すぐに暗くなった。海はすでに消えていた。

同じ町のようだが、山を背景にした住宅街が見えた。

その夜道を数人の若者が歩いている。何かの集いがあったようで、若い男女がそれぞれ意見を交わしながら、家路に向かっている。街灯の近くは明るいが、離れると暗くなる。

長身で細身の青年がいる。二十歳くらいだろうか……。その脇に、青年に比べるとふっくらとした体型の娘が歩調を合わせている。話し声が聞こえる。

家族構成について質問をしているようだが……、聞き取ることが出来ない。質問の様子からすると、知り合ったばかりか、ともかく馴染みの仲ではないらしい。バス通りに出るまでに、少し暗い道が続く。夢の風景が消えてしまいそうになったとき、青年の発した言葉が、ひと言だけ耳に届いた。

「父はいない。家族は母と弟の、ふたりだけです」

それきり、夢は川に投げ込まれた靴のように、消えてしまった。

3

昭和十四年、本宅の次男孝夫が兄に続き、慶應幼稚舎に入学した。ワイヤーフォックステリアの子犬が届いた日、泰男は歓声を上げ、以来夢中で可愛がった。散歩は自身でもしたが、朝早く下宿からやってくる杉下が代わってくれることもあった。静岡県出身の杉下と泰男の相性は悪くないようであったが、早生まれの泰男の入学は来年に迫っており、なつめは落ち着かない気持になっていた。

孝夫のランドセル姿を見送る朝が続いた五月、なつめは泰男の通う幼稚園の近くで、号外を手にする。

日本関東軍とソ連・モンゴル軍がノモンハンで交戦
日本軍大敗
とあった。

内閣は、平沼騏一郎に代わっている。

息子泰男の将来とともに、夫伊佐男の先々が案じられた。

すでに〝非常時〟という言葉も生まれている。しかし倉山兄弟を含め日本市民のほとんどは、まだ後にあのような大きな戦争に巻き込まれるとは思っていなかった。

満州事変は、半年ほどで片が付き、上海事変は小規模な局地戦で、文字通り事変に過ぎないように思われた。それどころか、たった半年間の戦争で、あの広大な満州の土地が手に入ったことから、〝戦争は儲かる〟という妙な意識が生まれていたことは確かである。

それが見せかけだったにしても、倉山商店の景気は上昇するばかりで、社長倉山容輔の瞳は、日々獲物を前にした獣のように光り輝き、ときには恐ろしく感じられた。

さらに容輔は茅ケ崎に広大な土地を購入していた。その地に別荘を建てる予定という。それに刺激されたわけではなく、弟の伊佐男は、橋場の家からの引っ越し先を探して、休みの日は、東京市郊外や神奈川の湘南地方に足を延ばしていた。

梅雨が明けた初夏のある日、その足は鎌倉に向かっていた。

今は亡き義父、斧治に紹介してもらった鎌倉の業者に会うためである。父親を亡くしたうえ、泰男の教育問題であれこれと悩んでいる妻のなつめを、元気付けたいという思いもあってのことである。

鎌倉駅まえの広場には、仲介業者吉松が待っていた。挨拶とともに本題に入る。

「材木座からは少し離れておりますが、長谷地区に良い物件がございます」

という連絡をすでに受けている。吉松は会うなり、「タクシーに乗りますか」と言った。

伊佐男は北鎌倉のトンネルを越えたころから考えていたことを、そのまま言った。

「せっかく鎌倉まで来たのですから、ぼくは、海を眺めながら現地まで、その長谷地区まで歩いていきたい、と思います。どうか先にいらしてください」

「承知いたしました」

吉松は、長谷の物件への地図を書いて渡してくれたのち、バスに乗って行った。

地図を見ながら、下馬四ツ角という名の十字路を真っ直ぐに行くと、正面に海岸独特の光が見えた。左手に滑川という川があり、それが材木座海岸と由比ケ浜との境目になっているらしい。さらに歩くと、本物の青い海が見えた。一歩足を進めるごとに、海の香りが漂ってくるように感じられた。住宅が途切れ、海が目前に見える道路を横切った。そこはもう砂浜に降りる階段の入り口になっていた。歩くごとに足が砂に埋まっていった。左手には逗子の漁港が、右手には稲村ケ崎に向かう切通しが見えた。改めて正面を眺める。水平線の彼方にうっすらと見えるのは伊豆の大島か。太陽が眩しく、輪郭を確認することは出来なかった。

それから右方向に歩き出した。

浜辺には、海水浴客の姿が見られた。ビーチパラソルの間を縫って、伊佐男は歩いた。足はラガーマンとして鍛えてあるので疲れることはなかったが、海の砂を踏んで歩くことには慣れてはいない。しかし伊佐男は、一歩一歩着実に足を運んだ。心のなかで「長谷の物件が、良い物件でありますように」と祈っていた。由比ケ浜は、材木座海岸より少し広かった。そうしているうちに長谷の町並みが見えて来た。浜でくつろぐ海水浴客は多く、家族連れも見かけた。伊佐男は妻のなつめと幼い息子泰男の顔を目に浮かべながら、長谷への道を歩いた。太陽の光は依然として強く、伊佐男は額から首筋に汗を流した。

立ち止まって汗を拭っていると、海岸通りの土産物店のまえで手を振っている男がいた。先程の吉松である。

「如何でしたか、海岸のお散歩は」

「なかなか良かったよ。ほど良い距離だな」

伊佐男は、別の意味を含めてそう言った。なつめからそれとなく頼まれたことがある。

「前原の家と、あまり近くないところにしてくださいな」

「そうか」

「橋場の二の舞は、もうしたくないの」

歩き終えて、確かにそうだ、これからはぼくとなつめそして泰男の家を作らなければ、という気持になっていた。

案内された物件は、住宅地に入ってすぐのところにあった。三百坪ほどもあろうか。南の海に面した新築の二階家であった。

「悪くないな」

商人として、甘い顔は出来なかったものの、一目で気に入っていた。なつめにとって大切な空気もよく、泰男が走り回る広い庭もある。諸条件を聞いたのち、近いうちに返事をする、と言ってその場を離れた。帰りは住宅地からバス通りに出た。木炭の匂いのするバスに揺られながら、なつめを一度連れてきて「良い」と言えばそれで決めようと思った。

その夜、伊佐男はなつめから、〝第二子を身ごもりました〟という報告を受ける。出産予定日は来年の五月という。その後、なつめは体調を見て伊佐男に同行し、その家を見てすぐに賛成を唱えている。夏の終わりに、無事に契約を終え、伊佐男は長谷の家の権利書を手にした。

九月、ドイツがポーランドを侵略し、いわゆる第二次世界大戦がはじまる。

十月早々の役員会で、伊佐男がこれまでの常務から専務取締役に昇格する。さらに、大連に倉山商店の支店を置くことが決議された。営業課長池端新吉が、新大連支店長に選ばれる。副支店長は静岡支店で働く田中与次郎と決まる。田中は支店長倉山守男の釣り仲間でもある。池端は、明治大学を出た勉強好きな社員、なおかつ心根の優しい男だ。妻と子供を置いて、数日中にも現地に向かうことも決まった。

十一月三日、鎌倉町と腰越町が合併され、鎌倉市が発足する。

ほぼ同時に、泰男の幼稚舎入学試験が始まった。特徴として、ペーパーテストはなく、運動、行動観察、絵画制作、さらに考える力、想像力、技術力が必要とされる。公私ともに忙しくなった伊佐男となつめは、さらに奮闘を続ける。

第四章　大連山縣通り

1

幸い、泰男は慶應幼稚舎に合格した。

後々の語り草になった〝何が良くて合格したか〟というひとつ話が残っている。

それは、左の小皿のなかにある十粒ほどの大豆を、置かれた箸を持って、右側の皿に移す、という手先能力のテストである。箸使いの苦手な子供は、一粒目から豆を床にこぼし、拾ってまたこぼす、など大奮闘したらしい。

「ぼく、一番に出来た、お豆を運ぶのが一番早かった」

橋場の家に戻って来て、すぐにそう言った。それを聞いて伊佐男は、

「そうか、箸で豆を運んだか」

と腹から笑った。普段の箸使いを見ていたので、泰男には何でもない作業とわかっていたからだ。それまでの話し方の練習などはほとんど役に立たなかった。運動場で走り回ったり、工

作をしたり、好きなように動き、自由に話すことが出来たらしい。

本宅にはすぐに報告し、皆喜んでくれた。胸を撫でおろしたのはやはり、常に本宅を意識するなつめであった。


その直後、伊佐男は慶應義塾体育会蹴球部ＯＢ親睦会に出席した。場所は赤坂の東洋軒である。この大学では草創期より、ラグビーを〝蹴球〟と称していた。当時、サッカーはア式（アソシエーション・フットボール）蹴球と言われていた。

卒業から十年の月日が経ち、チームメイトは揃って三十代になっていたが、その精悍な顔つきはほとんど変わっていなかった。

「おう、しばらくだな、どうだいその後」

「何とか、やっている。懐かしいよ、あのころが」

「まったくだ。よく走ったな」

「そして、パスして」

「蹴った」

あとは笑い声になった。

ワインで乾杯し、この店の名物ブラックカレーに舌鼓を打つ。

少し遅れて、前原と姓の変わった、萩本昭生が姿を現した。かつてのチームメイトであると同時に、今や親族の一員でもある盟友である。

「よう」

伊佐男が先に声をかける。

「久しぶりだな」

「お義父《とう》さんの、葬式以来か」

「そうだな」

「なつめさんは元気か」

「ああ、来年五月に、ふたり目を産む」

「それは目出度い」

「長男が幼稚舎に合格した」

「目出度いことが続くな」

昭生は現在、商社で働き、外国の情報にも詳しい。

会場の一角では、チームメイトが輪になって話している。大声なので、良く聞こえてくる。

「……それにしても、雨のあとのグラウンドの整備はひと苦労だったな」

「全くだ」

「……湿地帯で、芦が生い茂っていた」

「練習に先だって、手足を泥だらけにしたよ」

「……顔まで、真っ黒さ」

「お陰で、怖いものなしになったがね」

伊佐男と昭生も、その話に加わる。それは、昭和元（一九二六）年六月に完成した、東京都荏原郡矢口村（現東京都大田区）にあった慶應義塾新田《にった》運動場のことである。通称新田グラウンドと呼ばれていた、陸上四百メートルトラックと蹴球場で、さらに数ケ月後野球場も竣工し、木造二階建ての合宿所も建てられている。

「あの、〝慶大グラウンド前駅〟はもうないのか」

「もちろん、ないさ」

「ぼくは、ホームの掲示板のまえで、写した写真を持っている」

と言ったのは昭生である。

「それは凄い。後世に残るぜ」

「どうかな」

「大切にしろよ」

「それにしても、春ともなるとクローバーの花が咲き、雲雀が鳴いて、長閑なものだった」

「浅野屋、という蕎麦屋があった。よく出前を頼んだ」

「とろろ蕎麦がうまかったな」

この言葉は伊佐男が発している。とろろ芋は、擦っても刻んでも美味しく、好物であった。

明治のひとは、それを〝精が付く〟と推奨していた。
べつの一角では、少し若いOBグループが肩を組んで蹴球部・部歌を歌い始めていた。

白皚々《はくがいがい》の雪に居て
球蹴れば銀塊飛ぶ
黒黄の猛きしるしには
清浄の誉れ高し
勇めよわが友よ
いざ行けいざ行けよ。……

「ぼくたちのころは、あの歌もまだ出来ていなかったなあ」
「まったくだ」
「それでもラグビーを愛した」
「それこそ、明治生まれのラガーマンだ」
「そうだ、草創期のラガーマンだ」
「草創期、ラガーマンに乾杯」
「乾杯」

と声はさらに上がった。

帰りは、昭生と一緒に夜道を歩いた。十一月の夜空に、小さな星が光っていた。その方向に目を遣ったまま言う。

「……会社が、大連に支店を持つことになった。来月早々出張する」

「大連か」

「一週間ほどで戻って来るが……」

「気を付けていくが良い」

「ぼくたちには、香港、上海の経験があるからな」

昭生と共に参加した、かつての遠征地の話である。

「いや、あのときとは時代が違う。オール上海の選手も、オール香港の選手も至ってジェントルマンだった。試合が終われば、それぞれ握手したり抱き合ったりした」

「確かに」

「大きな声では言えないが、満州は日本軍が占領して拵えた国、言わば〝傀儡国家〟だ。土地を奪われた満人が、匪賊になって襲ってくる、という話も聞く」

「ひとりでは行かんよ。若い社員を連れて行く」

「現実は、スポーツとは違う。甘く見るな」

「肝に銘じておく」

昭生の頭の良さは、若いころと変わっていないようだ。

「とにかく、身体には気を付けろ。なつめさんのためにも」

「ああ」

通りがかったタクシーに手を上げ、別れる瞬間にも一言加える。

「前原家の一員として、頼むぞ」

そして昭生は去っていった。


橋場の家に帰っても、昭生の言葉が耳に残っていた。酔ってはいたが、出迎えた妻にすぐに体調を尋ねた。そして今夜の会合の話をし〝楽しかった〟と伝えた。風呂に入って床に就いた。少し眠ってから目を覚ました。薄明りのなか横を見ると、妻も子供もよく眠っていた。

木目《もくめ》天井の方角に目を戻した。その木目は、特に鮮やかではなかったが、濃淡の色合いがあり、見ていると心が安らいだ。寝室にはよく合う木目だった。しかし、今夜はその片隅に、次兄容輔の顔が浮かんでいた。いや、兄ではなく、倉山商店社長倉山容輔の険しい顔だった。

今夜の会で、何度も聞かされた〝草創期〟という言葉がまだ耳に残っていた。草創期の倉山商店の話を、またも思い出していた。先祖がどんな思いで一農民から商人に……。維新前の農民と士族はかけ離れた身分だった。おおよそのことはなつめに話したが、理解出来たかどうか。

兄容輔と、その話を一度もしたことがない。しかし日々会社で見せる表情と言動に、すべての思いが籠められているように思えてならなかった。疑問はその先にあった。

なぜ、ぼくはこの兄に従っているのだろう。

好きか、とひとに問われても返答が浮かんでこない。葉山の龍太郎兄ならば、〝好きです〟とすぐに答えられるのに……。自分自身の心がはっきり摑めない。

ああ、ぼくは草創期のラガーマンか。楕円形のボールが、目の前で乱れ飛ぶ。スクラムの最中に骨がきしむ。全身に痛みを覚えながらも、ボールを抱えて、全力で走らなくてはならない。追って来るひとは多いが、ゴールはまだ先にある。

〝それでもラグビーを愛した〟〝それこそ明治生まれのラガーマンだ〟

会場で聞いたその声が、頭のなかでぐるぐる回る。天井の木目が一緒になって回っている。

………

そうか、伊佐男はふと何かを悟り、身体を起こした。

甘い、と言われようとも、ぼくはこの戦いが一番好きなのだ。身体がどれほど痛んでも心に言いようのない苦しみがあっても、それに耐え抜いて戦って、勝ち抜くことが……。

それゆえ、仕事からも逃げたくはない。

社長の倉山容輔からも、満州進出からも……。

無理に従っているわけではない。会社に入ったときから、ぼくは戦いに参加しているのだ。

兄を戦友と思えば良い。人生の、チームメイトだ。少々怖いが……。

伊佐男は、真夜中であるにも拘らず、乾いた笑い声を立てた。声が耳に入ったのか、なつめの身体が少し動いた。伊佐男は慌てて口を押えた。

2

十二月早々、伊佐男は正社員に昇格したばかりの若者、杉下と石田とともに大連に向かった。与えられた仕事は、支店を置くビルディングの所有者と、正式な契約を交わすことであった。先発社員の池端がすでに当りを付けている物件がある。満州農業移民の数は多く、藁工品、麻袋の需要は目に見えて多くなっている。

「当面は一室で良い。契約が無事に終了したら、大連に少し詳しくなって来い」

社長命令であった。現在社長は、藁工品協会の会長、経済団体の理事を務め、日々多忙であった。一任されたものの今回の出張でどれだけの成果がでるか、伊佐男には全く見当が付かなかった。神戸から連絡船に乗っているあいだも、大連港に着いてシベリア寒波と言われる冷たい風に吹かれたときも、かつてない緊張感を覚えただけで、特に感慨はなかった。

下船して周囲に目を遣ると、防波堤に囲まれた埠頭近くに、大きな倉庫がいくつも並んでいる。その向こうに南満州鉄道（通称満鉄）の大連埠頭事務所のビルディングがそびえている。苦力《クーリー》が数人重い荷物を運んでいる。近付くとにんにくの匂いが漂う。埃っぽさも感じられるが、周辺には、日本軍人が多く行き交っていて、異国という印象に混じって妙な気持を覚える。さらにOB会で前原昭生が言っていたように、上海、香港に遠征した当時とも風景が違い、伊佐男はいささか混乱を覚えていた。

人混みのなかから、大連支店長池端新吉が姿を現したときは、正直なところ安堵していた。浅黒い顔に丸眼鏡は小網町の本社に居たときと同じだ。池端も嬉しそうに手を振って近付いてきた。

「専務、お疲れさまです。ご無事のご到着、おめでとうございます」

「大丈夫だ。船酔いもなかったが……」

四人で車に乗って、大連の中心地へと向かう。大連市区に入るまで、くすんだ色の地帯を少し走る。市区の中心地には大広場があり、その一角に建つビルディングの最上階と聞いている。少しずつ住宅が増え、やがて前方に高い建物のある街が見えてくる。池端は言う。

「山縣通りに入りました。この通りは、日本陸軍の創設者、山縣有朋元帥にちなんで名付けられた、と聞いております」

「そうか」

「通りを抜けたところが大広場です。正面に山縣ビルディングがあり、わが社の支店はその四階の一室に」

「楽しみだな」

伊佐男は初めて〝楽しみ〟という言葉を口にした。新しい仕事場を見る。それはやはり、胸のなかが湧き立つ瞬間であった。

「お疲れでしょうから、ホテルに先に入ります。ヤマトホテルと言って、同じ建物内にあります」

車は大広場に面した凝った造りのホテル前で停まった。荷物を降ろしホテル内に入り、ひとまず休憩した。満鉄経営と聞くそのホテルは、日本の帝国ホテルとは違った趣が感じられる。

「契約は明日の午後ということですので、今夜はゆっくりなさってください」

「そうだ、橋場に電報を打ってくれないか。無事にホテルに到着した、と」

「はい、承知いたしました。ご無事到着だけで、よろしいのですね」

「ああ、それで良い」

池端と社員ふたりは別のホテルへと移動していった。

出張時、役員と平社員は別の宿に泊まる、という決まりは、父親の先代龍太郎の時代からあった。それは容輔社長に受け継がれ、伊佐男も社員もそれに従っていた。これが後に、重大な問題になるとは、そのときだれも考えてはいなかった。

伊佐男は、部屋で独りになってから、窓辺に近付き満州の空を見上げた。満州は高緯度の地ゆえ、北極星が東京よりずっと高い位置にあると聞いている。〝天を仰ぐ……〟そんな気持でしばらく見ていた。位置が違うのか目当ての星は確認出来なかったが、夜空の印象は悪くはなかった。

明日になったら、長男泰男と妻のなつめ宛てに葉書を書こうと考えた。

……満州の空は奇麗だ……

と。地上の埃っぽい空気のことは書かずにいようと考えた。泰男は来年四月から、慶應幼稚舎に通い始める。

そしてなつめには、……くれぐれも身体を大切にするように……と。

その夜、ホテル内の夕食時、ウォッカを少しだけ嗜んだ。明日の契約のため味わうだけで、グラスを置いた。

……無色、無味、無臭だが、美味、そして心地良い、仕事の意欲湧く……。

社長にはそう報告しようとメモを取った。

翌朝も寒かったが、朝食のまえに正面玄関に出て、朝日を浴びた大広場を心ゆくまで眺めた。その直径は百メートルを優に越えている。中央から放射状に道路が出来ている。何本あるのか数えていくが、朝日が眩しく五本、六本と数えところでまた最初の一本に戻る。最後に呼吸を整えて、十本までたどり着く。ロシアが残した大規模で緻密、そして華やかな都市計画を目の当たりにした思いだった。山縣通りの他に、西通りという名前もある。その他事前の学習は、どこかへ飛んで行ってしまっている。ともかく、その風景の壮大さと新鮮な印象に立ち尽くす。

ホテル内に戻り、朝食の席に座っても、スープの皿に見たばかりの景色が映っているような気がしていた。食堂での朝食は西洋と満州の料理が混ざっているようで、その量も多かった。伊佐男は饅頭《まんとう》その他を残した。味噌汁が飲みたい気持が湧いていた。

まもなく到着した池端そして杉下、石田とともに、部屋に戻って仕事の打ち合わせを始めた。賃貸するビルディングの所有会社の担当者は日本人であり、経営方針、敷金その他契約のかたちなどすべて内地と同じなので、特に問題はない、と思えた。

打ち合わせが終わり、伊佐男は、若い社員杉下と石田に訊ねた。

「どうだい、大連の印象は」

「素晴らしいです。茶畑しか見たことのない者には」

と静岡出身の杉下。

「茶は日本の名産品だ。誇りに思いなさい」

静岡支店は、掛川市に広い土地とともに存在する。

「空気が澄んでいるように、思われます。寒いですが」

と柳川出身の石田。

「寒がりだからな、おまえは」

九州支店は柳川市にあり、その地は温暖だ。三月になると各家で吊るし雛を飾る名所として知られている。

「大連は確かに寒いが、春が来ると、猫柳やアカシアの花が美しいと聞くよ」

池端が、ふたりに教えている。

「そのころに、また来るといい」

伊佐男はそう言って笑った。

午後、所有者との契約が無事終了した。この時期、満州に来て一旗揚げようとしている人間は多かったが、会社の営業報告書とともに、社長倉山容輔の経済会の理事、薬工品協会会長などの身分が証明されると、相手はむしろ喜んで、「今後ともよろしく」と頭をさげてきた。賃貸する部屋はこのビルディングの最上階で、その眺望はさらに広がっていた。

その足で、山縣ビルディングのほぼ正面にある、横浜正金銀行大連支店の建物に向かった。屋根に大小のドームを乗せたロシア風の威容ある建物である。株式会社倉山商店の口座を開設しなくてはならない。これも社長命令である。外見はロシア風であったが、内部では日本人が働いていた。これも先程のビルディングの一室と同じように、容輔の名前によって、内地からの旅行者、さらに未来の得意先として、手厚い対応を受けた。通帳は滞在中に発行出来るとのことだった。

その夜は池端の案内で、四人で外に出て食事をした。大連港で獲れた魚が旨い店だった。地元の金州白酒《パイチュー》で乾杯した。

「明日は、大連満州クラブの野球場に行ってみよう」

仕事を終えて、伊佐男はスポーツマンに戻り、そう言った。

「冬ですから、試合はないと思いますが」

池端はそう言う。

「いいさ、球場は見るだけでも、力が湧く」

「娯楽施設は他にもあるようです。公園、遊園地など」

「それもいいな」

伊佐男は、橋場への土産話になると思った。

ホテルに戻りひとりになってから、橋場の家に送る絵葉書を二枚書いた。


翌日も晴天であった。満州にはあまり雨が降らないと聞く。

池端の言った通り、野球場に選手の姿はなく、広いグラウンドと、観客席が見えるだけだった。しかしどこからか、ボールを何かで弾くような音が聞こえていた。それは断続的に耳に入り、胸に響いた。

「あれは、何の音だ」

「専務、テニスです。近くにテニスコートがあるようです」

「そうか、行ってみよう」

近くには色々な施設があり、野球場の裏に回ったところにテニスコートが二面見えた。そのどちらでも、今まさに試合が行われていた。

「おう、これはいい」

「専務、良かったです」

一面では三十代と思われる男性が熟練らしいプレーをし、もう一方の面では、二十代前半と思われる男性が元気の良いプレーを続けていた。伊佐男はしばらく立ってその若い方のゲームを眺めていた。体力があるのは、その前後左右の敏捷な動きでわかったが、ラケットでボールを打つときのコントロールが拙いのは、一目瞭然で、ボールは狙った地点に落ちては行かなかった。しかし、もう少しトレーニングをすれば、それも叶うようになると思えた。通りがかりの一観客に過ぎなかったが、伊佐男はいつのまにか、こぶしを振って応援していた。すべての動きを支えている選手の下半身にも目が行った。腰はいずれも太くしっかりしているが、足は長くラガーマンと比べると細く感じられる。上半身を見ると肩幅もさほど広くはない。

ふと思う。泰男の身体にはテニスが向いているのではないか、と。

自分を含め、だれもが泰男をラガーマン二代目として見ていることはわかっているが……。そう思うあいだにも、ゲームは進んでいく。

試合は終わり、その動きに泰男の体型を重ねて見ていた選手が勝利をおさめる。伊佐男は拍手とともに笑顔を浮かべた。

その夜、何故か隅田川の夢を見た。

岸辺の風景は、家の庭から見馴れた家並みとは違う。身体が左右に大きく揺れている。どうやら小舟に乗っているらしい。船頭や相客の姿も見えない。それなのに小舟は川下に向かって動いている。言問橋、吾妻橋はとっくに過ぎて、もう両国橋に近付いている。このまま揺られていくと、永代橋から海へと出てしまいそうだ。どこへ行くのか。

潮の香りがする。海洋に出たのか。広い海のようである。水平線が見える。

眠りが深くなり夢が途切れる。そのあとどれだけ眠ったかわからない。

明け方、また夢を見る。

小舟に乗って川を下っているのは同じだが、両岸の景色がまるで違う。隅田川とはまるで川幅の違う大河のようだ。水の色はかなり茶色く濁っている。何という川か。これは満州の川なのか。鴨緑江、松花江……などの名前が浮かぶ。

ともかく隅田川のほとりにあった過去の時間とは違う、未知の時間が感じられる。

……夢の映像は、地上へと変わる………。

テニスコートが見える。いや見えるといっても道路とを隔てる金網越しに、である。しかしボールを打つ音は良く聞こえている。青い空に白い雲、新緑の濃いどこかの町であって、冬の大連とは明らかに違っている。

長身の青年と、それに見合った身長の若い娘の背中が見える。顔を見たいが、どちらも金網の先に目を遣り、何か話をしている。出来るかぎり近寄って話を聞く。

「……ぼくは、去年まで、このテニスクラブの会員だった……」

そんな言葉が聞き取れる。ほう、テニスをする青年か。

先の話を聞きたい。さらに近付く。

「でも、退会してしまった。年会費の金が払えなくなったからさ」

「そう」

若い娘の答えはそれだけだった。後の言葉は聞こえなかった。〝金が払えない〟という言葉に驚いていない様子が受け取れた。今日一日、金銭の遣り取りをした商人の自分からすると、不思議な印象であった。目を上に向けると、日本語でテニス倶楽部と書かれてある看板が見えた。その奥にさほど高くない山が見える。満州ではないことは確かであったが……、その景色はすぐに消えてしまった。

3

翌朝目覚めと同時に、伊佐男の意識は仕事の方向へと動いた。

この地の藁工品、麻袋などの需要を調査しなくてはならない。満州農業移民の土地確保のために設立された満州拓殖公社（通称満拓）についても同じだ。と同時に、内密にだが軍部の動きを知りたいと考える。

大学時代、ほとんどの時間をラグビーの練習に費やしていたとしても、合間には授業に出ていた。そして法学部政治学科を何とか卒業出来た。ヘッドキャップ越しに激しくぶつかり合った頭のなかにも、授業で叩き込まれた〝議会制度〟という言葉は残っている。つまり国の方針は〝合議制によって決まる〟それが民主主義の根本ということだ。しかし……、この満州には、何か違う風が吹いているような気がしてならない。ただの埃っぽい風とは違う、妙な風の匂いがする。

商いのみで、出来れば政治にも軍部にも深くかかわりたくないが……。ここまで来て、それは虫の良い考えなのか。

朝食のあと、大連駅の方角に歩いてみる。大連駅舎は、日本の上野駅舎を模して造られたと聞いている。上野駅が日本の東北地方の玄関であるように、日本人にとって大連が中国の、東北地方の玄関ということなのか。

かなり歩いて、大連駅の外見を眺めることが出来た。確かに、その全貌は上野駅に似ていた。しかしその前方の広場の大きさも、建物の向うに見える空の色も、周辺のにんにくの匂いも日本の上野駅周辺とは違っていた。建物の陰から覗く何本もの線路を見ているうちに列車に乗りたい思いが湧いていた。予習したところによると、満鉄の線路幅は、日本鉄道の線路幅より広いという。従ってその上を走る列車の幅も広いと。旅順に行ってみたい。その地に少々拘わりがあった。少年時代に耳にしたあるニュースからだ。

しかし滞在は一週間の予定である。遠くに行く時間はない。戻って池端と相談しよう。そう思いながら駅舎を後にした。

翌朝、伊佐男は池端とふたりで、大連駅から旅順行きの列車に乗った。

「日帰りでも行かれます。小学校の遠足などは日帰りと聞いております」

と池端は言ったが、二百三高地から、旅順港を眺めたいと思い、一泊の予定にした。連れの杉下と石田には留守を頼み、そのあいだ支店の一室の掃除、デスクなどの配置、その他の雑用を頼んだ。小学校の遠足と聞いた通り、昼前に旅順駅に到着した。ロシア風の小さな駅であった。その青い屋根と赤い壁から、比べるとすればどこか東京駅を思わせた。駅前の食堂で簡単な昼食を済ませ、車で、乃木希典将軍によって〝爾霊山《にれいさん》〟と名付けられている二百三高地に上がった。爾霊山とは、２０３をもじった漢字で、旅順港の戦いによって、戦死した多くの兵士を祀ってあると聞く。

国のために戦った兵士を手厚く葬る。この話は、納得出来る。伊佐男は素直に手を合わせ、合掌した。

納得に至らないのは、大正元（一九一二）年明治天皇の大喪の礼が行われた日の、午後八時ごろ、乃木将軍が妻静子とともに自決したことだ。当時はまだ七歳の少年であったが、〝死んだら駄目だ〟という思いが湧いた。以来それが消えなかった。十代になったとき、ひとつの意見としてまとまり、

「自決なんて、頭にちょんまげを結っていたころの話じゃないの。命がもったいない」

と周囲の大人に話すようになった。賛否両論の反応で、世の中には古いひとも新しいひともいる、と感じた。

石碑に背を向けて、旅順港を見渡すと、その眺望は広く開けて心が晴れるような気持になった。戦って、戦い抜いてこの山に登り、最初に頂上に旗を立てた兵士の気持は、如何ばかりだったか、戦争はスポーツとは違う、とわかっていても、勝利の快感が伝わってくるように思えてならなかった。

伊佐男は心のなかで呟く。

競争意識の良い発散法は、やはりスポーツだな。その意味で、スポーツは文化なんだ。この思いをやはり我が子泰男に伝えたい……。

それから水師営を回り、会見場を見学し、その日の予定を終えた。

港に面したホテルに入り、温かいコーヒーを飲んだ。冷えた喉に程良い温度が染みて、ああ、生きている、という実感が湧いた。

山上の土産店で買った一冊の本をずっと見ていた池端が、不意に訊ねる。

「……日露戦争の講和条約、ポーツマス条約は、一九〇五（明治三十八）年九月五日締結、と記載されていますが、専務は確か、明治三十八年のお生まれで……」

「そうだよ、三十八年、九月九日だ」

「あ、それでは、専務ご誕生の直前に、日本は条約によって、関東州と樺太の南半分を譲渡されています。つまり、満州が租借地になった、四日後にお生まれになったことに……、満州とご縁がおありなのですね」

不意を突かれ、伊佐男は、資料の数字を口の端に乗せる池端の顔を睨み返す。

「そんなのは、偶然に過ぎないよ。生れた日など、だれも選べないからね。縁のあるのは日本の隅田川だけさ」

「そうですか、失礼いたしました」

機嫌を損ねたかと、池端はそれ以上何も言わなかった。

翌日、来るときと同じ列車に乗って大連に向った。列車に乗るとき、ホームから二百三高地の方角を一度だけ見た。まもなく大連駅に着いた。

山縣ビル支店の一室は、奇麗に片付いていた。

「よくやった」

そう言って杉下と石田を労った。

明日は船で帰国する。大連の三越百貨店に行き、会社と家にそれぞれ土産物を買った。その夜はまた白酒を飲んだ。

第五章　大東亜戦争

1

社長容輔をはじめとする会社の人間も、橋場の家族も無事の帰国を喜んでくれた。社長は、

「これで、大連での商いの道筋が立ったな」

と言い、いつになく褒美の休みを二日くれた。伊佐男はその褒美を有り難く頂戴した。身重のなつめ、泰男とゆっくり過ごしたかったからである。なつめの身体は順調で、初産のときのような貧血症状もないということだった。

折しも、日本国民は、皇太子殿下の六回目の誕生日が迫っていると騒いでいた。その二週間後が、泰男の六回目の誕生日になることは、よくわかっていた。泰男はひと前ではにかみ、相手を直視しない傾向が続いている。平素の動作はいたって鈍くスローモーションである。その割には、心の奥に激しいものが垣間見える。……何とか自信を付けてやりたいと思う。

その日はおもに船旅の話をした。

いきなり大連の話をしても、理解出来ないような気がしたからだ。

「船が港を離れるときは賑やかだが、出港してまもなく港が小さくなり、やがてそれも消えて海しか見えなくなる。そうすると……」

そこで言葉を切ると、思った通り、泰男は興味深い表情を見せて、

「……どうなるの」

と訊ねてくる。

「行く先の前方も海、右がわも左がわも海、……つまり、見渡す限り海になる」

「さぞ、良い景色でしょうねえ」

傍らにいるなつめはそう言う。

「泰男は、どう思う。もしもそのとき、船の甲板に立っているとしたら……」

「うーん」

「船は、前に向って進んでいる」

泰男は、首を傾げる。それからしばらく考えて、答えがわかったという表情を見せる。

「怒らないなら、言う」

「ああ、怒らないから、言いなさい」

「何だか、こわい」

「確かに、そうだ。船底一枚下は地獄、という話もあるからな。それだけか」

「うーん」

また考え始め、少し経って答える。

「待つ」

「何を」

「向うに、何か見えるのを」

「何か、とは」

「海でない……、陸や島……」

「そうだ、良く出来た」

「よく頑張りましたねえ、正解です」

なつめは手を叩いて喜ぶ。

「それは、希望に向かって走る、ということなんだよ。ラグビーと同じだ」

「いつもあなたのお話は、ラグビーに落ち着く」

「悪いか」

「いいえ、そんなこと」

なつめは久しぶりの家族団らんが嬉しいのか、笑い転げていた。

無事に年が明け、昭和十五年になり、一月六日の誕生祝も終わった。

二月の節分の日は、三人で大声を上げて豆まきをした。

そのころ、国の内務省訓令に基づいて、町内会、さらに〝隣組〟という末端組織が出来ていて、豆まきする家に対し、反発の声を上げる者もいた。しかし伊佐男は近隣を気にせず、玄関そして裏口、部屋のすべての窓からも豆をまき、鬼を払い、福を招いた。そして身重のなつめの無事出産を祈った。

四月に入り、泰男の通学は本宅の兄弟といっしょに始まった。

五月初旬、なつめは今回も駿河台の浜田病院に入り、無事男子を出産した。弟の出来た泰男は、見舞いに来て、小さなベッドに眠るその赤子の顔を眺めた。

「お兄さんになったのよ、可愛がってね」

「はい」

泰男は素直に答えたが、授乳が始まると、その抱いている姿を初めて見るためか、母親を取られたように思ったのか、硬い表情を見せた。

「学校はどう」

と、なつめが聞くと、

「うん、楽しい」

と言い、それから病室を出て、広い屋上に上がり、走り回った。しまいには靴を脱いで走るので、靴下のうらがほとんど擦り切れ、戻ってきたときなつめを驚かせた。

お七夜に、赤子は〝満男《みつお》〟と名付けられた。前原家に伝わる〝泰満〟という苗字帯刀名は、ここでも一文字使われている。

なつめには、また男の子だった、という思いはあったが、日本国は軍国主義一色に染まり、男子誕生は、どこでも歓迎されていた。

その年の春に〝国民服令〟が創定され、詰襟型、開襟型の二種が発表されていた。色は国防色と言われるくすんだ茶褐色、秋には法制化されるという。なつめの、服への拘わり、その趣味を貫くのは、さらに難しい時代になっていた。


七月、米内光政内閣のあとを受けて、第二次近衛内閣の組閣が始まり、陸軍相に東条英機が任命される。

しかし株式会社倉山商店は、社長、専務、社員が国民服を着るようになっても、さらに繁栄を続けていた。

仕事は日中だけではなく、夜の会合も増え、兄弟の飲む酒の量も多くなった。伊佐男は良く歩いて汗をかき、アルコールを発散していたが、社長の容輔は同じように飲酒しても、平素は書物を読み、原稿を書き、しきりに考えていることが多く、発散するところがないように思えた。唯一の趣味であったゴルフ場も閉鎖され、最近は何も運動をしていない様子であった。

しかし酒が好きであることは変わりなかった。そして一流料亭や高級バーなどの、その場の雰囲気を好み、盃を交す相手に対しても平素にない笑顔を見せるのであった。さらに、容輔には、伊佐男が逆立ちしても追い付かないような〝存在感〟というものがあった。

平たく言えば、社長は、ひとを見ることに長けた職業的な女性たちに人気があったのである。

宴会に出て、ひとりの女性と親しげに話している社長に「先に帰れ」と言われ、「はい」と言ってその場を離れたこともある。

……あの後あの女性とどうなったのか、と思うことはしばしばあったが、それは家に帰って妻に話すことも出来なかった。もちろん翌日の会社でも仕事以外の話はしない。そしてその夜もまたお供をする。二児の子育てが始まったなつめの身体を労わる時間もなかった。


その夏、伊佐男は北海道支店のある小樽と、九州支店のある柳川に出張している。最初は、上野駅から列車に乗り、青森から函館まで連絡船に乗っての旅である。支店の建物は、小樽埠頭より少し離れた坂の上にあった。海が一望出来る場所でもある。そこで伊佐男は、支店長の倉山太《た》一《いち》に会った。先代龍太郎の末弟の息子で、伊佐男より五歳ほど若い。

「よう、元気か」

「夏の小樽は良いですが、冬は厳しいです」

「倉庫も、頑丈に出来ているようだ」

「ドイツ軍が四月から動き出しているようですね」

「そのようだな」

「本格的に、戦争が始まったという実感があります」

「そう思いたくないが」

「道内の人間は、内地よりソヴィエト・ロシアが近いので、戦争には敏感のようです。樺太には大日本帝国唯一の国境線もあります」

「なるほど、その意見は心に留めておこう」

スポーツには国境線もない、と言い返すことも出来ない。

太一は、住む土地や立場によって、感じ方が違う、と言いたいのだろう。自分自身も、龍太郎兄を通じてドイツには縁がある。倉山商店の社長が龍太郎であったなら、容輔と仲良く会社を経営していたならば、自分の一生の道も違っていたかもしれない、という思いもある。しかしもう後に引くことは出来ない。食料不足が始まっていて、叺、麻袋の需要にも変化が出ている。商いの道を進まなくてはならない。

その夜は、太一と新鮮な刺身を肴に、酒を酌み交わした。

小樽から東京に帰り、その一週間後に柳川へと向かう。支店長は、親族ではなく時田源次という四十代の男である。小樽と同じように仕事の話をしたあと、地元の焼酎を味わう。

ドイツ軍進撃から、僅か二ケ月余りで、フランスのパリは陥落した。

日本国内では、来年度昭和十六年四月から小学校名を〝国民学校〟と変えると発表される。

なつめは、「幼稚舎は、何と呼ばれるのかしら」と不安げな表情を見せた。

本宅のひとり娘福子は、来年から四谷にあるフランス系のミッション・スクールに入学する。教師でもある修道女の半分は、フランスから使命感を持って来日したひとたちと聞いている。

2

昭和十六年五月、次男満男の初めての誕生日は、簡単に祝っただけだった。時勢に流されてそれどころではなかったからだ。過保護にされない反面、元気の良い子で「大きくなったら、ラグビーをやりたい」と口にする。

「まだ、先のことはわからん」

伊佐男は、泰男が期待外れだったこともあり、慎重な意見を吐いていた。

七月、第三次近衛内閣となり、十月、東条英機が内閣総理大臣となる。以後、独裁政治が始まる。

昭和十六年十二月八日、日本は米国ハワイの真珠湾を攻撃し、戦争に突入した。国はこの戦争を〝大東亜戦争〟と名付けた。後にこの戦争は〝太平洋戦争〟と言われるようになったが、当時の国民は〝大東亜戦争〟と呼ばされていた。

十二月十九日、言論、出版、集会、結社等の臨時取締法が公布される。

「何ということか」

演説ばかりではなく、経済書も出版するようになっていた社長倉山容輔は、そう言って嘆く。伊佐男はその折の、社長倉山容輔の、赤く汗の滲んだ顔が忘れられない。朝夕は寒さが増してきている。冷えている身体からも汗が滲んでいるように思える。恐怖心などから、顔が蒼ざめる、ということは知っているが、社長の場合怒りが抑えられないからか、体質なのか顔や手足がひどく赤らむ。業界の会合そしてひと前で話す仕事は、この暮れのさなかでも行われている。

私生活では、茅ケ崎の土地に家が建ち、三人の子供たちが良い空気を吸うために、足を延ばすことが出来るようになっている。伊佐男も同じく、鎌倉の家に少しずつ荷物を運び込んでいる。ともに懸命に働き、その成果がやっと形になってきたところなのである。

「しばらく、様子を見ることにいたしましょう」

そう言って宥めたが、伊佐男自身も日々慌ただしく、兄の健康に気を配る余裕がない。〝医者に行った方が良い〟という言葉すら浮かばなかった。

その国民の気持を喜ばせ、煽るようなニュースがラジオで伝えられる。

昭和十七年一月、マニラ占領を知る。マニラ産の麻は、麻袋の原料に使われる。容輔は「取引がしやすくなったか」と目を輝かせている。

二月、シンガポール占領に日本中が沸きたち、「万歳」の声があちこちで聞こえる日々となる。シンガポールには、〝昭南島《しょうなんとう》〟という日本名が付けられる。

三月、伊佐男は社長命令でフィリピンのマニラに出張する。今回は飛行便である。マニラ国際空港に到着し地上に降り立ったとき、覚悟はしていたものの気温の高さに驚いた。フィリピンの他の地域と同様、マニラも熱帯地方に位置し、三月とは言え二十七、八度の暑さである。しかし、身体に暑さが馴染まないとは言っていられない。車で市街地に近付くにつれて、日本兵の姿が区画ごとに増えてくるのが感じられる。岡安という日本名のホテルの入口にも、憲兵と思われるいかめしい顔が両側に見えた。受付で日本の会社と橋場の家に〝ブジ　トウチャクスル〟と電報を打つ。

翌朝、車で市街地のマニラ麻栽培事業会社に向った。買い付けの交渉をするためである。満州と同様にフィリピンには日本人移民者が多く住み、ミンダナオ島のダバオ市を中心に、マニラ麻栽培従事者が溢れている。

マニラ麻の繊維は、植物繊維としてもっとも強靭なもののひとつである。水に浮き、太陽光や風雨などに高い耐久性を示す。船舶係留用のロープの原料としても人気がある。畑にある農作物としては高さが六メートルにも達するので、木のように見える。これは同属のバナナと同様である。

このマニラにも日本人はかなり居ると聞いていたが、念のため、タガログ語を話す通訳を連れて行く。日本からの連れは、大連に供をした杉下一名のみ。石田は今回九州柳川に出張して来ていない。車に乗っているあいだもかなりの汗を掻いた。

幸いにも、交渉相手は片言ながら日本語が話せた。しかし商いの感覚がかなり日本とずれていて〝小切手〟という言葉が通じず、通訳に解説してもらい、何とか大量買い付けの話がまとまった。

マニラ麻は、日本の米のように一年収穫ではなく、三ケ月から八ケ月で収穫される。熱帯地方独特の植物で、在庫が溜まり、先方は買い手を探しているところだったらしい。買い付けたマニラ麻は、貨物便で日本に運び、工場でロープや麻袋に形を変える。一般の工場も、いつのまにか〝軍需工場〟という名前に代わっている。

大連出張に比べると、食物や飲み物を楽しむ時間は少なかった。

杉下は、以前伊佐男が容輔のために、満州について学習したように、今回はマニラの街を調べてきていたので、それらを改めて確認するために左右に何度も目を遣った。しかし兵隊とすれ違うときは緊張するのか、不審者と思われないよう正面を向いて歩いた。

そして、兵隊の姿が見えなくなると、「川があるはずなんですが……」と呟く。

繁華街にも兵隊は行き来していた。杉下は、周囲を気にしながら、日本ではまだ高価だったバナナを買い、すぐに皮をむいて食べ、「うまい」と言った。しかし通りがかりの料理店に入り、豚肉料理が出てくると、「これは油が強い、味も濃い」と敬遠していた。通訳は「かつての宗主国スペインの影響が残っています」と説明してくれた。下町生れの伊佐男は、濃い味が嫌いではなかった。飲み物は暑さのせいかほとんどの客はビールを飲んでいた。伊佐男もビールを一杯飲んで、帰りはまた歩いた。

先に川を見付けたのは、やはり杉下だった。

「専務、川が見えてきました」

「そのようだな」

伊佐男の目にもすでに川の水面が見えていた。畔に近付き、足を留める。向う岸の建物が良く見える。川幅はさほど広くない。夜目だとしても、隅田川と同じくらいと思われた。涼しい風も感じられ、川独特の匂いも漂う。

「この川は、〝パシッグ・リバー〟という名の川です。マニラ湾に向って流れています」

「そうか、パシッグ川だな。有り難う」

川を眺めて伊佐男の機嫌は少し良くなっていた。

さらに良いことが続く。

その夜ホテルの食堂で、偶然前原昭生に出会った。旧姓萩本、かつてのチームメイトである。

「おう、元気か」

「元気だ、忙しそうだな」

商社マンとして働いている昭生は、伊佐男と同じように各地を飛び回っているようだった。

「兵隊の数が多くなっているようだ」

昭生は眉をひそめている。伊佐男は頷きながら、

「それにしても暑い」

と汗を拭う。

「あまり頑張り過ぎるな。身体に気を付けろよ」

同僚といっしょにいた昭生は、そう言って外に出て行った。

伊佐男は救われたような気持になっていた。

翌日のホテルの朝食に米の飯が出たが、長粒種のインディカ米は伊佐男の口に合わなかった。仕方なく具入りの粥を注文すると、出汁が利いていてなかなかの味であった。干し魚、野菜などが入っている。この味は中国の影響か。翌朝も具を卵に変えてまた注文した。

気候も含め、大連の経験と比べて馴染めないことが多かった。マニラでの最後の夜、シャワーを浴びてこの数日の汗を流した。シャワーの流れる音の向うに、旅順のホテルで二百三高

地の資料を見ていた、大連支店長池端の声が聞こえてきた。

〝専務は、ポーツマス条約締結の四日後に、お生まれになったのですね〟

〝満州が日本の租借地になったすぐ後に……〟

そして、

〝満州とご縁がおありですね……〟

と言っていた。

突然言われたので、決めつけられたように思い、良い返事が出来なかったが……、マニラの地に来てみると、妙に大連が懐かしく、マニラよりは縁があるように思えた。大連支店へまた行かなくてはならない。寒いだろうが、この蒸し暑さよりは良い。満鉄に乗って、新京経由で哈爾浜《ハルビン》にも行かなくてはならない。……そんなことを考えながら、タオルで汗を拭った。

マニラからの日本への土産は、バナナ以外に思い付かず、杉下にひと抱えもあるバナナを持たせ、帰りもまた船に乗った。


マニラからの電報は、橋場の家に無事に届いた。母のなつめにその電報を見せられた泰男は、その四月、小学二年生になった。厳密に言えば、国民学校二年生である。

幼稚舎の担任は、一年から六年を通じて同じ、というのがこの幼稚舎の方針であった。その担任は、人格者として評判の高い吉田小五郎師である。母親のなつめは、泰男の人見知りを気

にしていたので、

「六年間同じ先生とは、とても有難いこと」

と喜んでいた。

まもなく伊佐男は帰国した。なつめは胸を撫で下ろし、

「とても心配いたしました。もうあまり遠いところには行かないでくださいまし」

と懇願した。しかし、伊佐男は、

「そうも行かんだろ」

と答え、すぐに風呂に入ってしまった。

3

泰男は、二年生最初の図画の時間、写生に出た。担任吉田師、級友とともに、近くの牧場まで歩いた。スケッチブックにクレヨン、鉛筆、ゴム消しなどを持参してのことである。桜の花も散り、列を組んで歩く道の両側には青葉の樹々が広がっていた。道を抜けると、小さな牧場が見えた。近寄ると三頭の牛が放たれている。三頭とも鮮やかな茶毛を持つ和牛であった。どれものんびりと草を食んでいた。

「わあー」「牛だ、牛がいる」「可愛いな」

生徒はみな歓声を上げた。

「さあ、皆さん、牛をスケッチしましょう。好きなところに座って、思う存分書いてください」

吉田がそう言うと、生徒たちは思い思いの場所に散らばった。当時の幼稚舎は男子ばかりで、特に牛を怖がる生徒もいなかった。どの生徒も楽しそうに、鉛筆やクレヨンで牛を描き、色を塗った。泰男もそのなかに混じって、丁寧にスケッチをしていた。絵は得意ではなかったが、動物のスケッチとなると、意欲が湧いた。家にはハセロードの写真が飾ってある。目の前の牛もその競馬馬の仲間のように思える。

一時間ほど経ったろうか……。

そろそろ書き終えた生徒がひとりふたりと出て、ぶらぶらと歩いて他の生徒の描いた牛の絵を覗き、「凄い、上手」と言ったり、無言のまま次の絵に移動したりするようになった。何をするにも鈍い泰男は、牛の蹄が上手く描けず、手間取っていた。何度かうしろに立ち止まる友人に気付いてはいたが、黙って手を動かしていた。

「あと五分ほどで、終了します」

吉田の声が聞こえたすぐ後だった。頭の上から友人の高い声が落ちて来た。

「わあ、倉山君の描いた牛、真っ赤だぞ」

「赤いクレヨン使っている」

「真っ赤な牛なんて、いるかよ」

それらの声に、さらに寄って来る級友がいて、泰男の描いた赤い牛の絵は、大勢に揶揄された。

「みんな、そこを退きなさい」

吉田が、そう言って早足でやって来た。見ると、確かに倉山泰男の描いた牛は、真っ赤に彩られている。しかし、顔付きは真剣で、悪ふざけをしているようにも見えない。吉田は何かを察知したのか、

「さあ、みんな絵を持っていらっしゃい。これでスケッチの時間は、おしまい」

と言い、三十数枚の絵を急いで集め、すぐに学校に戻った。

泰男に、赤色と茶色の判別が難しい色覚異常、色弱があるとわかったのは、このときの吉田小五郎師の直感と采配からである。次の図画の時間、吉田師はその赤い牛の絵について、「西洋では、心のなかに浮かんだ景色を、現実とは違う色で描く絵描きさんもいる。赤い牛も特におかしいことではない。この絵は牛の蹄まできちんと描けている。三重丸だ」
と褒めた。「そうなのか」という声も上がり、生徒は師の言葉を受けて揶揄を止めた。それから内々で母親のなつめを呼び、ことの仔細を話し眼科で検査をするようにと告げた。そ
なつめは驚き、すぐに泰男を慶應病院の眼科に連れて行き、診察と検査をしてもらった。そ

の結果、やはり色弱の症状があることがわかった。

驚きが隠せないなつめに、眼科の医師は言う。

「成人するにつれ、治る可能性のある症状です。男性ホルモン、成長ホルモンなどの分泌によって症状が改善されるのです。目薬を出しますがすぐに効果が現れるわけではありません。平素は疲れ目にならないようにしてください」

「わかりました。有り難うございました」

「どうかお大事に」

なつめは、少し心配げな表情の泰男に、

「心配ない、って、大人になると治るそうよ」

と声をかけ、その肩を抱くようにしてタクシーに乗った。泰男は「うん」と頷いてシートに座った。

タクシーが山の手から下町に入り、隅田川に近付いたときなつめは思う。

……あのとき……、この子が隅田川に投げ捨て朱色の靴、……誰が見てもあれは赤い靴だったけれど……。

この子には、赤ではない色に見えていた、というのか。

四年まえの記憶はさほど遠くはなかったが、靴の色を置き換えて頭に浮かべることは難しい。

それは、想像を超えた風景であった。

……赤い靴、赤い苺、鯉のぼりの緋鯉、雷門の赤い柱に大提灯……、などの映像が目のまえを通り過ぎる。その色彩をひとつひとつ違えて考え直すのは、至難の業であった。ともかく母親の自分は何も知らなかった。子供は自分と違う色を見て過ごしてきたというのに……。

夜遅く橋場の家に戻ってきた伊佐男は、かなり酔いそして疲れていた。珍しく社長と言い争いをしたからだ。最近社長は日本酒ばかりではなく、スコッチ・ウイスキー、なかでもジョニー・ウォーカーが気に入っていて飲み始めると止まらなくなる。

「社長、今日はそのくらいで、お開きといたしましょう。お身体に悪いです」

と言って、空いたグラスを伏せようとした。

「何をする。おれのグラスに触るな」

「しかし、明日があります。ご時勢も不穏です」

「生意気言うな。おれはおれの遣り方で生きる」

「わかっておりますが……、社長は、社員の手本です」

「だから、何だ」

「天地に愧じないように……」

「商売は、奇麗ごとばかりではない」

「ラガーマンとして……」

「何がラガーマンだ。おまえは三男坊で、親父に甘やかされた」

「そうかもしれませんが……」

「ラグビーもそのひとつだ。理想が高く、現実的ではない」

「いえ、勝負の世界は厳しいものです」

「二度と、ラグビーの話をするな」

「そんなこと」

伊佐男は怒って立ち上がる。ほぼ同時に社長も立ち上がる。

場所は銀座の高級バーである。ママさんと、呼ばれている馴染みの女店主が仲裁に入ってくれなければ、あわや乱闘になるところだった。ともかく最近の社長は怒りっぽい。どうしたら冷静になってくれるのかわからない。

タクシーがすぐ呼ばれ数分待つあいだ、

「いつも、社長さんのお供で、大変ですね」

と声をかけてくれた女性がいた。この店では初めて見る顔だった。素朴な、大根の葉のような香りを放つ若い女性だった。何処の出身か。タクシーが到着してすぐに社長を抱えて乗り込んだが、その声が耳に残っていた。今夜はそのまま眠ってしまいたかった。

なつめはそんなことも知らず、今日の泰男の診断結果を話した。そして過去の事件を思い出し、遣り切れない気持になったことを話し続けた。

「大人になったら治る、と先生は言ったのだろう」

「はい」

「それで、良いだろう」

「でも」

まだ話したりないなつめの耳に聞こえてきたのは、伊佐男の鼾であった。なつめは唖然として、すでに眠っている小さい満男と、今日一日ともに過ごした泰男のあいだの床に入った。


父親である夫が、息子の色覚異常話に乗って来なかったと言っても、担任の、吉田小五郎師の采配が良かったお陰で、泰男の学校生活は順調に進んでいた。友達も出来て、家を行き来するようにもなっていた。なつめはそれを喜んで受け容れた。


五月になって学芸会が催され、伊佐男は短い劇に出ることになった。主人公の友人という役柄である。なつめは、その役がはにかみ屋の泰男に出来るか、もしかすると失敗するかもしれない、と案じた。当日がやって来た。舞台に上がった泰男は、平素よりずっと堂々として、何事もなくその劇は終了し、拍手とともに幕が下りた。全ては、生徒一人ひとりに心を配る吉田小五郎師のお陰だった。

後年、慶應義塾大学の学生になったとき、泰男は演劇研究会に入り、女子学生も混じるその

稽古場で、

「ぼくは子供のころ、色弱だった。つまり〝色に弱いのさ〟」

と冗談混じりに、その話が言えるように回復していた。しかし、ラガーマン二代目になれなかった話はあまりしなかった。

第六章　惜別

1

昭和十七年四月、米B25爆撃機十六機、日本本土を初空襲する。

〝本土空襲絶対なし〟の軍部宣言が破られ、国民に不安感が生じている。


その翌月五月末日の午後、株式会社倉山商店社長、倉山容輔が倒れた。経済会の会合で会長席から立ち上がり、演説の最中という話で、いつもの通り熱が籠っていたという。

すぐに病院に搬送されたが、手当の甲斐もなく、六月七日この世を去った。

病名は脳溢血。享年、四十二歳。

家族とともに、伊佐男は社長容輔を看取った。最後の日、容輔は、良く回らなくなった舌を懸命に動かして、何か言おうとしていた。耳を寄せると、

「会社を……」、「……良夫を、たのむ」と聞き取れた。

「承知しました」

伊佐男は夢中でそう返した。そして容輔は息を引き取った。

遺された家族の悲嘆は言うまでもなかったが、会社としての損失が大きかった。とくに家と仕事双方に関わる伊佐男の受けた衝撃は、大きかった。

「何という……ことだ」

ボールを抱えて走っている途中、身体ごと宙に投げ出され、着地が叶わないような感覚であった。妻の十志子は泣き崩れ、なつめはその肩を抱き、ともに涙を流していた。伊佐男はただ茫然として泣くことも出来なかった。

「どうしてこんなことが、起きたのか」

天に向って問いたい気持は溢れていたが、疑問を追及している暇はなかった。実際問題として、どうして良いのかわからなかったが、何もしないわけにはいかなかった。

翌日は役員、社員一同会社に集合した。

会社としても社葬を行わなければならず、専務伊佐男はもちろん送るがわの代表者にならなくてはならない。代々の寺、浄心寺への連絡、そのまえに葉山の兄龍太郎に一報しなくてはならない。さらに各支店に電報を打つ。到着まで時間のかかる大連の池端には真っ先に……、などの仕事がある。得意先一覧の住所録を開いても、視点が定まらない。

「専務、私どもがいたします」

そう言って番頭の塩田、経理の元橋らが支えてくれる。椅子に腰かけ、女性事務員の淹れてくれた茶を飲み、少し落ち着く。しかし、

「写真を、葬儀の折の社長の写真を」

という声。

「良い写真を選べ」

と指示を出すが、どの写真か、頭に浮かべることが出来ない。本来なら妻の十志子に聞くべきだが、会社としての体面もある。当時仕事場は、男性優先の場であった。

やがて通夜も葬儀も深川浄心寺、喪主は遺子となった長男良夫と決まった。本来は結婚以来連れ添った妻であるべきだったが、これも男性優先であった。

葬儀の日、北海道、九州、静岡、茨城、そして満州それぞれの支店長が集結した。大連池端新吉の涙、小樽倉山太一の衝撃を受けた顔、柳川の時田源次の沈んだ顔、茨城の木内一雄の特徴のある茨城訛り、掛川の倉山守男の大きな身体、などが伊佐男のまえを通り過ぎた。倉山守男は、かつて慶應義塾大学の相撲部主将を務めた男だ。伊佐男とは従兄弟に当たる関係である。それぞれと交わした言葉も記憶しないまま、伊佐男は、必死でその場に立っていた。

やがて、得意先の人びとの哀悼の声が、耳に入って来る。

小学五年生の良夫が喪主として挨拶をすると、

「何と凜々しい」「ご立派な息子さん」

という婦人たちの声が聞こえたが、伊佐男の目にその姿は痛々しく、泣いてはいけないと思いながらも、涙が溢れるのを抑えることが出来なかった。

「今にきっと、立派に跡取りにおなりですよ」

という声も聞こえていた。当時妻という名の女性は、父親を亡くした息子を支え、家長の後継者にするのが、第一の務めとされていた。伊佐男もそれに異存はなかったが、気丈に振舞っている妻十志子の横顔を見るのは辛かった。喪主良夫が成人するまで、この一家を支えなければならないという思いが強く湧いていた。喪失感の漂う通夜の時間も、永遠の別れとなる葬儀出棺そして火葬場に漂う煙を浴びたあとも、〝精進落し〟の名のもとに、酒の匂いが流れた。

大連支店長の池端は、通夜の翌日会社に現れ、

「専務、また大連にいらしてください。仕事は山ほどあります」

と言って帰って行った。

「ああ、行くぞ」

伊佐男は答える。小樽の太一も柳川の時田も戻っていく。

初七日を同じ浄心寺で行い、お浄めの会を雷門近くの料亭で行うまで、参加者が涙とともに酒を酌み交わす夜が続いた。

その夜は遅くなって雨になった。梅雨入りの前兆のように思われた。

伊佐男は家に帰って、独りその雨の音を聞いていた。なつめや子供たちはすでによく眠っている。本宅の家族も社員一同で送り届けた。同じように休んでいることだろう。

最初は玄関そして門のあたりに落ちる雨の音が聞こえていた。大きな門の屋根に落ちる雨の音には独特な音がある。一日が終わりその門を潜るたびに、橋場の家、それも兄一家の家と隣り合う家に帰ったという思いがあった。これまではその事実を深く認識することもなく、〝普通のこと〟と思って過ごしてきた。しかし……。

しばらくして庭に向った窓を開けると、その音はさらに違った音になった。その音は雨が地を叩く音とは明らかに違っていた。

「隅田川」

伊佐男はそう呟いた。

窓の向うは隅田川である。

小降りの雨ではわからないが、少し強くなると川の水に落ちる雨音が、風に乗って流れてくる。

「水の音」

また呟く。それも深いところから聞こえてくる音である。

川の流れ、その時間……、生れて生きて死んだひとたちの顔が浮かんでくる。亡き両親の泣いて笑った顔、そして震災で死んだ姉夫婦と子供の顔……。ああ、どれほどの供養をすれば良いのか、思わず手を合わせる。

しばらく時間が経つ。ふと我に返る。現実に戻らなくてはならない。

雨音はさらに激しくなっている。問いが生まれる。

「いつまで住んで居られるか、この隅田川沿いの家に」

容輔の遺族を抱えて、それは深刻な経済問題であった。

それからずっと雨が降り、四十九日を迎えた七月、やっと夏空が広がった。

その夏の終わり、なつめは第三子を身籠っている。

2

その十月の役員会で、倉山伊佐男は、株式会社倉山商店の代表取締役社長に昇格した。

「おめでとうございます。新社長」

「前途を祝福いたします」

会社内外から祝いの言葉を頂戴したが、伊佐男は、

「いやまだ、ぼくは喪中だ」
と言って、さほど笑顔を見せなかった。確かにその一身に戦時の商い、さらに同族会社という複雑な問題がのしかかってきていたのである。

幸いにも、伊佐男はこの変動期、ノートに詳細なメモを残している。万年筆で書かれたメモの筆跡は、身体の大きさからは考えられないほど細かいものである。

伊佐男のメモより
　昭和十七年十一月五日
　多摩墓地買入レノ件
　倉山容輔分　良夫名義　許可証NO・×××
　第××区××側３×番　甲48平方米
　永代掃除代

　倉山伊佐男分
　許可証NO・×××
　第××区××側×５番　甲45平方米

永代掃除代
双方には、金額明記。

十一月五日
上記代金ヲ、倉山伊佐男　安田銀行小切手ニテ　東京府霊園料ニテ
T市議立合ニテ支払
金額明記。

つまり、この秋三男伊佐男は、深川の浄心寺の墓地は、長兄龍太郎の所有として尊重したのか、新仏の埋葬地として、多摩墓地の一画を購入している。
さらに自身の墓地として、容輔の墓地より少し離れた一画を購入している。しかし、その墓地は後に売却されている。その経緯は後の話になるが、伊佐男の長男泰男が、大学生になって「うちのお墓」と言うのは、鎌倉長谷観音近くの、光則寺内の墓地、である。

十七年十一月二十八日
父の十三回忌の法要　浄心寺ニテ行フ
親戚一同ニハ　長谷川の二重弁当　式物トシテ清寿軒の折ヲ出シタ

社員一同　亀清ニテ五時ヨリ宴会ス
長谷川　清寿軒　亀清　店ニテ支払
それぞれに金額が明記されている。

昭和十八年一月十四日　保険ニテスル件
富国徴兵保険　倉山泰男半年払イ　個人ニテ　支払フ
倉山ナツメに生命保険
金額明記

当時〝富国徴兵保険〟という名の保険が存在していた。それは徴兵後の怪我、病気、死亡における保障保険であった。
その他、墓地の四ツ目垣造設を石屋に、などがある。これも金額明記。金銭のことを常に頭に置きながら、周囲の人間の供養をし続けていることがわかる。
もっとも重要なのは、以下のメモである。

十八年二月二十七日
前社長死後ノ財産　個人トシテハ　何モナク

借金　約×××円見当
店ト個人ノ区別ナク　公私混同シ居リ
店ガ借金ノミノ如クシ
全部ノ借入金店ニテ負イ　個人ハ　何モナイコトニス
ソレラノコト　橋場夫人ナカナカ納得セズ困ル
結果　K氏仲介トナリ　十一月末下記ノ通リ決定ス

橋場　茅ケ崎ハ売却スル　尚故人買入レシモノモ売却シテ店ニ入ル
但シ店ヨリ適当ナ家ヲ買イ　月々××円ホド送ルコトニ

そのあいだ、本家である葉山の龍太郎氏の委任状を持ったO氏も仲立ちとなり、K氏と話し合うこと数回、とも記されている。最後のメモは、

十八年三月四日
大森馬込ニ　家を買フコト決定スル　夫人ノ好ミハ西洋館ナリ　本日契約セリ
金額明記

となっている。

気が付くとこの三月、伊佐男は結婚して十年目の節を迎えていた。

もちろん橋場の土地を売ることは、伊佐男となつめが新婚時代を送った家も無くなる、ということだ。あのころは、皇太子誕生に日本中が沸いていた。十年間で国も家もこれほど変わるとは想像もしなかった。伊佐男一家四人は鎌倉の家に移ることになり、日々心身に感じていた隅田川とも別れることになる。

第七章　新社長として

1

昭和十八年三月、涙とともに本宅一家が大森の新居に引っ越していく。さらに伊佐男一家も鎌倉市長谷の家に移る。

五月、アッツ島日本守備隊が全滅し、「中央公論」誌連載中の谷崎潤一郎の「細雪」が自粛掲載中止になる。

伊佐男はその六月、飛行便にてマニラに行く。帰路は台北に一泊し、台北から大連に入った。伊佐男はその折のマニラの気温、街の印象、当地での仕事が非常に難しくなったことを、会社宛てに、手紙に書いて送っている。

前略

……前回は三月であったが、六月のマニラは雨期に入っている。現地のひとは雨期だから涼しいと言っているが、日本の真夏のもっとも暑い日のごとく、日に三度もシャツを取り替える始末にて閉口するが、市中は非常に美しく、藤のような色のアカシヤの花が咲いている通りを歩く。名も知らぬ赤い花も、低い位置で咲いている。そのなかに、白亜の建物が立ち並び、想像外の美しい都である。

……一方、物資の不足甚だしく、点数制実施され靴下など年二足の配給、靴は自由販売なるもこれもストックのみとのことにて、鞄などは全然見当たらない。同行の杉下は、かなり暑さに参っている模様にて、待望のダンスホールなど日本人は行かれず、その日酒がなく、お茶屋など地方人は行けず、全部軍専用にて、ホテルでビール少々飲めるだけにて、その点健康に結構と存じる。

……仕事のことだが、陸軍省と当地との連絡が非常に悪く、小生到着まで何処よりの発注なるかわからなかった由、種々取り調べた結果判明するも、当時の事務官すでに居らず、古い書類を取り調べてようやく陸軍省よりの通達を探し出した始末にて、只今より新しい話として交渉に入る。幸い担当事務官は相沢巌夫、(元京大百米ランナー)久しぶりにスポーツマンと話が出来た。

結果として麻の買い付けは少量ながら叶った。しかし今後の見込みはなさそうだ。

ネグロスなどには、マックアーサーと連絡の取れるメリケン部隊が多数あり、それがため砂糖が出ずマニラ市も切符制にて、一人一ケ月〇・五キロまで、赤ざらめを使用しており、現在はさして不自由なき模様（買いだめ、ストックなどある為）なるも、数ケ月後は東京以上の困難と存じる。

斯かる状態にて、現在のところ〝宝物南より来る〟は夢物語かと存じる。

以上の次第なれば、タイプライターの仕事、建物の貸下げは有望にて、これが決定次第帰日仕るべく……。

倉山伊佐男

六月六日

倉山商店殿

この手紙は、無事に日本橋区小網町の倉山商店に届いている。番頭の塩田、経理の元橋そして営業の勝俣が、七枚ほどの便箋を何度も読み返す。三人とも結婚式の翌日、休まずに出勤した伊佐男に驚き、笑みを浮かべた社員である。

「〝ビール少々飲める、それが健康に良い〟とは、社長も健康管理をなさるようになりましたか」と、言ったのは経理課長元橋である。社員のなかでは酒があまり飲めない方だった。

さらに、役人相手の商売の難しさが書かれている点が興味深い。マニラ麻は依然として人気があったこともわかる。

すぐに帰る予定だったが、手紙を書いた直後、日本人が発砲により殺される事件が起き、憲兵隊から日没後は外出しないように、との通知があった。
伊佐男はその事件で帰りが遅れることを、手紙でなつめに知らせている。

……ぼくは命が大切ゆえ、夜は外には出ずホテルでビールを飲んでいる。しかし、恐ろしい事件があったにも拘らず、夜飲みに行って、十二時ごろ無事帰ったと自慢するひともいる。困ったものだ。

先便で六月半ばの便で、セレベス、ジャバ、昭南、バンコク、サイゴン、広東回りで、帰国は六月末と書いたが、一昨日ラバウルで飛行機事故があったため、一機故障となりしため、昭南回りの一機がラバウル線に切り替えたため、すぐには座席が取れないことになった。早く帰日したいと思っているが……。

なつめ殿

六月十日

伊佐男

という文面である。占領後日本国が名付けた〝昭南〟という地名が二度も書かれている。この時期ならではの手紙は、今も残っている。
手紙が先に日本に届き、本人が帰ってきたのは六月下旬であった。
「鎌倉の海風は、気持が良いな」

玄関を開けるなり伊佐男はそう言った。身重のなつめも子供たちも喜んで主人を出迎えた。その翌日から、伊佐男は日本橋区小網町の会社に出勤した。

その日、大連マニラに同行した若者杉下に召集令状が届いたと知らせが入る。故郷の静岡から出征するという。くれぐれも身体に気を付けてもらいたい。もう一人の連れ石田その他の若手もすでに召集されている。

鎌倉に引っ越してから、伊佐男の通勤はかなりの時間と労力を要するようになった。何とか帰りたいと思っても、朝晩の列車の本数も減ってしまっている。幸い築地に社員寮としていたアパートがあったので、帰れない夜はその一室で眠った。大連、マニラへの出張も含めて、国内の仕事も山積みだったのである。

その前夜、伊佐男は築地に泊った。早朝、築地本願寺横を通ると、門内の広場から〝月月火水木金金〟という歌が聞こえていた。隣組で行うラジオ体操の集団だろうか。

この歌は、まだ容輔が生きていたころから流行り、気に入ったのか口ずさんでいた歌で、懐かしい思いで聞く。土日返上で働くという意味が籠められているらしい。

朝だ夜明けだ　潮の息吹き
うんと吸い込む　あかがね色の

胸に若さの　漲る誇り
海の男の艦隊勤務
月月火水木金金

という歌だ。力強い歌詞と音調は国民の胸を躍らせた。

それにも拘らず、ミッドウェイ海戦は敗北し、連合艦隊司令長官山本五十六がソロモン島上空で戦死した。「馬鹿な話だ」そう言って怒っていた、その折の容輔の顔が間近に感じられる。

翌日も築地に泊った。店から帰る途中、かつて容輔と言い争いをした銀座のバーに足を延ばした。表向きは店を閉めていたが、馴染み客だけに知らせてある出入口があった。そっと入っていくと、バーテンダーとママさん、若い女性がふたり温かく迎えてくれた。そのひとりが、あの夜「いつも社長さんのお供で、大変ですね……」と労ってくれた、大根の葉の香りを放つ女性だった。

ママさんは容輔社長の葬儀に来たようで、

「そっとお見送りいたしました」

と頭を下げ、哀悼の思いを語った。しかし他の客が入ってきたので、離れた席へと移って行った。

伊佐男は、残った女性を相手にしばらく飲んだ。

「出身は何処だ」

「江戸川区小岩です」

「ぼくは江戸川の鹿骨だ」

「まあ」

それだけで気持が通じ、酒が上手く飲めた。引き上げるとき、

「空襲に気を付けなさい」

とだけ言った。

「有り難うございます」

と答え、その〝サチ〟と呼ばれている女性は涙ぐんでいた。出入り口の扉の陰でそっと肩を抱いた。サチは逃げようとせず、むしろその身体を寄せてきた。伊佐男は自分の体温が伝わったような気がしていた……。


遅くなって、築地に戻った伊佐男は床に就いた。枕元には、なつめ手作りの防空頭巾が置いてあった。木綿の布で十分なのに、絹の着物をほどいて、上等の綿を入れた紺色の頭巾である。しかし身体にはサチの香りがまだ残っていた。その香りをすぐに消したいとは思わなかった。時間が経つにつれ、何故今大根の葉なのか、という疑問も生まれていた。

男というものは身勝手な生き物なのか。士族の家柄に惹かれ見合いをし、そのなつめの容姿

も人柄も気に入り、妻とすると決めたことは間違いない。そして愛の結晶が生まれている。それにも拘らず、土の匂いを嗅ぐと、懐かしさが湧いて抑えられない。祖父母の体臭がそのままだ。

天井を見上げても、答えは返ってこなかった。癒された気持の裏側に、不思議な思いが湧いていた。……、それは、自分が前社長容輔に似てきた、という恐ろしい実感であった。会社の代表取締役になるということは、何もかも自分で決断し、その不安と孤独感に耐えなければならない。これまで頭では理解していたつもりだったが、この身の肌が細かく震えるような怖さは想像していなかった。争いの最中に、

「お前は理想が高く、現実的ではない」

と言っていた容輔の顔を思い出す。あの言葉が、真の遺言だったのかもしれない。なつめとの結婚も、兄の存在を頭に置いて選んだ、とも言える。兄は〝士族〟という言葉に敏感に反応し賛成した。反対されないことが嬉しかった。

〝門閥は親の敵《かたき》でござる〟という福沢先生の言葉も忘れていた。兄の存在はそれほど大きかった。しかし、もうその兄もこの世にいない。日々その熱い血を感じていた人間が、居ると居ないでは、こうも違うものか。生の実在と死の不在は、あまりにもかけ離れている。生きていることは素晴らしいが、死は突然やって来て、ひとの心を引き裂く。

だからぼくは、自決、自殺が嫌いだ……。少年時代に感じた怒りが湧いてくる。

しかしまた大根の葉の香りが戻ってきた。伊佐男はまたも癒され、眠りに就いた。

二月、英米語の雑誌名が禁止される。

六月、学童疎開実践要綱発表。

七月初旬、なつめは鎌倉病院で、第三子を無事出産している。またも男子であった。一貫目（三千七百五十グラム）近い体重の健康な赤子で、兄二人に比べて肩幅も広く、父伊佐男によく似た面立ちだった。〝行雄《ゆきお》〟と名付けられた。

2

日本の梅雨は長引いて、鎌倉の町はいつまでも湿っているうえ、届いてくる戦況も芳しくなく、大仏殿や長谷観音の庭に、濃淡の紫陽花が咲き揃っているだけが救いのような日々だった。第三子行雄は順調に育っていた。なつめは長谷の家に咲く紫陽花を切って、仏壇に供えていた。

伊佐男はそのなつめに、

「梅雨が明けるころ、大連に行く」と告げた。

なつめは引き留めたかったが、すでにそう決めている伊佐男の顔を見て、「はい」と答えた。

すぐにも旅の支度をしなくてはならない。

「今回は、新京から哈爾浜にも行く」

なつめは一瞬表情を硬くするが、

「くれぐれもお気を付けください」

と精一杯の言葉を返す。

「何かのときは、じいやに頼め」

「はい」

新居の広い敷地内に、じいや一家、山田一平の平屋が加わった。妻と子供が四人いる。その近くには一平の掘った大きな防空壕がある。空襲時に備えて作られたものである。南側の芝生を一部剝ぎ取り、畑も作られている。トマト、茄子、胡瓜などはその畑で収穫出来る。〝じいや〟と呼んでいるが一平はまだ五十代の植木職人であり、こうした力仕事に加えて、庭の木々の管理、家屋の簡単な修理が出来る。しかも元船乗りなので気風が良い。ばあやも女仕事の働き手で食料の調達もする。鎌倉に住んでから、橋場から同行したトヨの他、この一家の手も借りられる仕組みになっている。

さらに、長谷の大仏まで足を伸ばせば、その斜め向かいに三男行雄の生れた鎌倉病院がある。一族経営で、内科外科その他の診療科が揃っている総合病院である。妻なつめの健康問題、子供たちの予防注射などは今やこの病院を頼みにしている。伊佐男はそれらのことをすべて頭に置いてある。しかし、あとになってその病院がどのように使われたか、そのときは誰ひとり予想してはいなかった。

仕事に専念する。出張にも行く。ただし同伴者の若者は全部召集されてしまっている。日本国内の列車は乗り馴れている。大連までは独りの船旅になるが、港に着けば池端が迎えてくれる。船が海中に潜む水雷に衝突しない限りは……。近ごろは〝水雷、地雷〟などという言葉を、子供の泰男でも日常的に使うようになっている。砂浜を掘って大きな貝殻が出て来たときなど、〝地雷だ〟などと叫ぶ。伊佐男は苦笑いをしながら、自分は子供ではない、大丈夫と胸を叩く。

昭和十八年七月末、倉山商店社長倉山伊佐男は、大連へと向かった。

東京から下関まで、満員列車のなか伊佐男は眠ったり起きたりしていた。下関で切符も買えたし船も予定通りに出た。出港直後、突風が吹き船はかなり揺れたが、酔うこともなく、伊佐男は無事に大連港に着いた。

大連はすっかり夏になっていた。その空は明るい青を隅々まで広げていた。小さな雲がふたつだけ浮かんでいた。しかし、港湾施設周辺の混雑は相変わらずであった。前回と同じように、出迎えの池端の浅黒い顔と丸眼鏡が頼もしく感じられた。池端は今年になって日本から妻と子供を呼び寄せ、一家で大連に暮している。

すぐに、用意してある車に乗る。現地採用の若い社員が運転手を務める。池端は、

「三石甲子男です」と紹介する。

「キネオ、と呼んでください」

細身の青年が頭を下げる。

「キネオか、何歳だ」

「二十二歳です」

「大連生れ、父親は元満鉄社員で、今は洋裁師でキリスト教徒の母親とふたり暮しです、家庭がしっかりしているので採用いたしました」

池端はそう補足する。

ホテルに入るより先に、山縣ビルの支店の階に上がる。キネオが茶を入れに隣室に行ったあと、池端はすぐに受注名簿を持ってきて開いて見せる。

「実は、哈爾浜からマータイの大量注文が来ています。こちらでは麻袋《またい》をマータイと呼んでいます」

「マータイか、発音もかなり違うな」

「満拓の子会社と言っておりますが、初めて聞く会社名です。これがその会社名です」

「なるほど」

封筒の裏には、哈爾浜開拓補助連合会、と書かれている。

「哈爾浜にはスンガリーという大河がありますから、川の土手止めに土嚢が必要なことはわかりますが、麻袋となると、何に使うのかと」

「肥料か、セメントか」

「目方の軽いものでは苞米《パオミー》と呼ぶ、とうもろこしの粒を入れることもあります。強度が必要の場合は、石炭または砂利かもしれません」

「なるほど」

「社長のご判断を頂きたいと存じます」

「数は揃っているのか」

「倉庫を確認いたしましたが、何とか間に合いそうです。マニラに足を運んでいただいたお陰です」

「要するに、信用出来る会社かどうか、ということだな」

「その通りです。しかし即金で支払うと、言っております」

「ふむ」

茶が入ったので、椅子に腰かけてそれを飲む。少し考えるが、知らない土地のことゆえ、即答が出来ない。前社長容輔の顔も遠くに霞み、その声も聞こえて来ない。

「哈爾浜に行って、その相手に会うことにするか」

「そうしていただけますか」

「それで決めることにしよう」

「わかりました。ご到着早々、有り難うございました。ではホテルの方に」

池端は立ち上がった。伊佐男はホテルの食堂で酒とともに夕食を済ませ、部屋に入ってシャワーを浴びベッドに入る。そのとき伊佐男は、鎌倉に電報を打つことを忘れていたことに気付いたが、そのまま眠ってしまった。電報は翌朝になって打った。

大連支店からさらに哈爾浜に出張する準備に二日ほど要した。

そのあいだ伊佐男は倉庫の麻袋を確認し、書類も整えた。

一日目の夕方、大連市街地を歩いた。家々は石造りの家が多く、西欧風に思えたが、街角には労働者として生きる苦力《クーリー》の姿もあり、貧富の差が感じられた。マニラのテロ事件を思うと、この者たちも日本人を恨んでいるに違いない、と恐怖を感じた。しかし、商いを貫かなくてはならない。会社と社員そして家族を守らなくてはならない、という責任感が強く湧く。

二日目は、大連機関車車両製造工場を見学した。一九一一年満鉄が建設した大連鉄道工場である。工場の建物は多く、一日では回り切れなかった。有名な製品は、一九三四年に運転を開始した特急あじあと聞く。総重量四百五十屯七両編成の豪華な旅客列車を、東北平原のまんなかを走らせたのだ。最初は大連―長春間、続いて大連―哈爾浜間と延びた。明日にも、その列車に乗ると思うと、仕事とはいえ胸が躍った。

帰り道、絵葉書を買った。丸い帽子を被った満人が驢馬に乗っている絵が描かれている。驢馬の耳が長く伸びていて面白く、満人の顔は丸く可愛らしかった。この九月から、一時的に市立御成小学校に転校するという泰男を励ましてやりたいという思いがあった。しかし、その時間があるか首を傾げた。

「泰男君、にですか。わたしが代わって書きましょう」

池端が言う。

「そうしてくれるか、有り難い」

湿っぽい日本の空気に比べてこのあたりの空気は少し乾き気味であった。食料事情もすでに配給制度になっている日本国内とは違っていて、米、肉、卵、酒、煙草などの調達方法があるようだった。その証拠に簡単な食事の出来る店が、町中に何軒か見えた。食堂街を抜けた先には、緑の葉を揺らす柳の木が並んでいた。

さらに池端は、伊佐男社長、供のキネオを合わせて三名分の列車の切符、哈爾浜のホテルの手配をした。いつもの通り社長のホテルと、社員のホテルを別にして予約を取った。

三日目の朝に、大連駅から南満州鉄道に乗って、新京経由で哈爾浜に向った。列車は北に向かって走り出していた。大連から新京までの鉄路は、日本人の伊佐男には、目新しい風景ばかりであった。車窓の向うに通り過ぎていく山々が見えるのは同じだが、どの山も低く丸く駱駝色をしている。合間に平地もあり、土の色は赤褐色である。そのうえを黒い豚が十匹ほど固まって走っている。色濃い風景だが、日本で見るような鋭角的な山の稜線は見当たらない。それゆえ厳格さは感じられず、のんびりとした気分になることが出来た。

途中、三石に声をかけた。

「キネオ、召集はまだなのか」

キネオ、と直接声をかけられた青年は、嬉しかったのか、硬い表情を崩して口を開く。

「いえ、昨年秋に一度令状が参りました」

「それで、どうした」

「吉林《チーリン》の部隊に入隊後、帰還いたしました」

「何故、戻った」

「この者は喘息持ちなのです」

池端が替わって答える。

「徴兵検査を受けたのだろう」

「はい、そのときは甲種合格でした」

「ほう」

「入隊直後に、重い症状が出たそうで」

「一週間入院いたしましたが、回復せず、除隊となりました」

「なるほど」

「しかし、仕事を持たないと、徴用に動員されることはあるようで」

「それでわが社に来たのか」

「はい、良い会社で、運が良かったと思っております」

「それで、今身体はどうなんだ」

「この地の漢方薬、青龍湯を朝夕飲んで、お陰様で働くことが出来ます」

「それは良かったな」

坊主頭のせいか、三石の首筋が細く感じられた。

「大事にしろ」

病人に思いやりのある伊佐男はそう言って微笑んだ。

列車は新京駅に近付いていた。細身の妻と子供たちの顔が浮かんでいた。日本に帰るのはいつになるか、ふとそんなことを思った。

新京駅には兵隊の姿が多く見られた。乗客とは明らかに違う物々しさがあり、その表情も険しく感じられた。一部の兵隊は、見張り番のように間隔を置いて立っていた。停車時間はかなりあったが、そのあいだ微動だにしないのが気味悪く感じられた。

哈爾浜に着いてから、池端は言葉通り泰男に葉書を書き、日本に送っている。


その後お元気ですか、お父様はお忙しいので、代わって池端が書きます。

新学期から転校なさるそうですが、どうか良い学校生活を送ってください。

哈爾浜の夏はとても良いですよ。日中は日光が強く余り明るいので、眼がキラキラとしますが、朝夕はとても涼しいです。

哈爾浜名所のスンガリーは、日本人もロシア人も満人も、皆体を鍛えるために水泳などして賑わっています。今度お母様が来られるときは、是非来給え。満州ってこんな良いところかと驚きますよ。ではお元気に！　お父様宛てにお手紙ください。

倉山泰男君

池端新吉

父親が多忙を極めているさなか、泰男は三年生になっていた。男子として父親に会いたいと思う気持は強くあったが、それ以上に母親が日々、〝お父様、どうしていらっしゃるかしらね〟と寂しげな表情を見せるので、母親を慰めなくてはならないという長男の役目も感じていた。

その前思春期のさなか、〝学童疎開〟〝転校〟という言葉を耳にするようになる。

学童疎開には、ふたつの型があり、一方は〝縁故疎開〟もう一方は〝集団疎開〟という。個人の家で地方に縁故があり、その地に行く家族は前者、縁故がなく所属の学校が定めた地に、教師とともに行く子供たちが後者とされていた。幼稚舎の級友たちの集団疎開地は、静岡県の御殿場と知らされていた。

泰男はこの夏、級友三十人との別れを体験している。初めて覚えた感情で生涯忘れられない記憶となっている。

集団疎開者の出発の日、泰男は幼稚舎のある天現寺に向った。

校門を入ると、すでに集団疎開地に行く級友たちは校庭に集まっていた。見送りの父母たちもいてたいそうな人数である。

「お早うございます」と挨拶をすると、級友のひとり奥村が、

「きみは行かないんだろう、御殿場に」と返す。「うん」という返事が小声になる。どこからか「縁故組は帰れよ」という声が聞こえてくる。

「でもさ、みんなを見送りたくて」

と精一杯の返事をする。生徒たちは涙とともにそれぞれの父母との別れをしたあと、品川駅に向かいそこから東海道線の列車に乗った。鎌倉に住む泰男も、特別に同乗を許されている。

……横浜駅を過ぎたころから胸が騒ぎ落ち着かない気持になった、戸塚のトンネルがいつもより暗く感じられた。もうすぐ大船駅に到着する。……大船でぼくは降りなくてはならない。御殿場に行くわけにはいかない。ぼくの家は鎌倉にある。鎌倉は東京より安全、とされている。

でも変だ。ぼくの家は鎌倉に家を買い、引っ越しをしたんだ。それなのに、学校では〝縁故疎開の生徒〟として扱われている。お父さんに聞きたいが、お父さんは今満州に出張をしている。それが妙な気持となって、胸のなかの靄となっている。列車は刻々と大船駅に近付いている。

大船駅に着いた。車内で奥村、田中、渋谷、大林その他通称、テッチャン、よしべー、まる、などと握手をして車外に降りた。降りたホームには、母親のなつめが立って待っていた。車中の教師の姿に気付いて深々と頭を下げる。やがて発車のベルが鳴った。窓から級友たちが手を振っている。泰男も手を振る。力を籠めて振り続ける。やがて列車は動き出す。

「やすおー」「元気でいろよ」

「またいつか会おうぜ」「さようなら」

などの声が降って来る。

泰男も「元気でね、さようなら」と応える。

何度も叫ぶ。やがて声は聞こえなくなる。列車はホームから眺めて右手、樹々の上から白一色の大船観音がそそり立つ方向へと走り、消えていく。曲がって走る列車の内側がいつまでも目に残る。

ああ遂に、ぼくは独りになってしまった。

この大船駅……、ぼくの乗る横須賀線は、右に曲がる線路ではなく、左に向かう線路を走る。次は北鎌倉駅、そしてトンネルを越えるとぼくの家のある鎌倉駅に着く。

この大船駅がぼくとみんなとの分かれ目なのか……、観音様はそれを黙って見ていた。何故ぼくだけ独りになるのか、どうか教えてください。わからないよ。

「さあ、行きましょう」

母親に声をかけられるまで、泰男はそこに立っていた……。

池端が父に代わって書いて送ってくれた葉書に、泰男は慰められ、何度も読み返した。長じてから、泰男は卒業生として、同窓会誌に、「大船駅」というタイトルの一文を寄せている。

第八章　スンガリーのほとり

1

新京駅を発車すると、外の風景はさらになだらかに広がっていた。

曠野に連なる低い山々のなかには禿山もあり、その土の色の変化に目を見張る。赤褐色がしばらく続いたあと、山肌の色、その合間の土の色も、明るい色からくすんだ茶色に変わっていく。古い梅干しの色のようだ。この風景が何百里も続くのか思ったとき、緑の芽を伸ばした柳らしき木が数本現れる。そのうちにそれが十数本になり、さらに増えてくる。

「あの木は何だ」

伊佐男は聞く。

「楊柳《ようりゅう》ですね」

と池端は言う。

「隅田川べりに揺れていたのとは、だいぶ違うな」

雨に濡れたばかりのような、いつも瑞々しかった細い枝が目に残っている。

「これが、満州の楊柳なんです」

水溜まり、といって良いほどの浅い池が点在している。地の奥に伸びる根の先で、水分を吸っているのかもしれない。乾いて見えても乾き切っていない曠野という印象がある。飽きることなくその風景を見続ける。

哈爾浜駅に降り立ったときはすでに暗くなっていて、涼しさを感じるようになっていた。いわゆる大陸性気候で、昼夜の寒暖差が大きい。昼間は摂氏三十度まで上がり、深夜には十五度まで下がると聞く。

哈爾浜駅から車でホテルに直行する。哈爾浜が初めてではない池端は、かつて大連を案内したときと同じように、車外の景色を見ながら案内をする。前方には灯りの輝く街が見え始めている。

「社長、キタイスカヤ街に入りました。美しい街並みをご覧ください」

「ほう、これが有名な、キタイスカヤか」

通りの石畳にベンチが置かれている。

「大きなベンチだな」

「四メートルほどございます。だれでも座ることが出来ます」

「線路の幅だけではないな、何もかも大きい」

「お泊りのホテルは、この町の中心にございます」

その街並みを通ってホテルに到着する。

車を降りて、しばし立ち止まってそのホテルを見上げる。アールヌーボー様式の豪華なホテルは、夜目にも輝いて宮殿のように建っていた。フロントで手続きをし、部屋に荷物を置き、それから外に出て三人で夕食を取った。池端の手配は完璧であった。ホテルの入口まで送ってもらい、伊佐男はそこからひとりになった。

豪華なホテルは、大連その他と同じように、今回も社長の伊佐男のみの宿泊となっていた。池端と三石は少し離れたホテルに泊まる。そして明日は迎えに来ることになっている。その習慣をだれも変えようとはしていなかった。伊佐男は、独りで居ることが嫌いではなく、社員たちも夜ぐらいはのんびりとしたい気持があったと思われる。

日本、マニラ、そして日本に戻り休む間もなく、独り旅で大連に、さらに哈爾浜まで北上してきた伊佐男社長の疲労を、誰も案じてはいなかった。伊佐男自身も、独りになればいつもの通りウォッカを飲み、そして窓から空を眺める。そんな習慣に疑問を抱いてはいなかったのである。

その夜は幸いにも晴れていて、空の彼方に星を見付けることが出来て、思わず「おう」と叫んだのであった。

月が替わり、八月になっていた。八月三日の午前、池端、三石と共に、哈爾浜開拓補助連合会の主席役員と会うことが出来た。事務所は市街地から北上したスンガリーの畔にあった。

その男は、部屋の白い壁のまえに立っていた。姿勢の良い三十代と思われる男であった。

「中島と申します。お初にお目にかかります」

「倉山商店社長の、倉山伊佐男です」

「御社のマータイはとても良い製品と伺っております。ぜひ購入いたしたく……」

国民服を着た日本人で、姿勢ばかりではなく挨拶も丁寧な男であった。伊佐男はほんの一瞬、行儀が良すぎるな、と思ったが良いに越したことはない、と悪く感じた印象を打ち消した。

大連市内の倉庫に運んであるマータイの数量と料金表を提示する。さらに貨物列車にての送料が加算される。料金はそれまでの売買と同じ定価であったが、数量によっては割引を要求されることがある。その交渉が当然あると思っていたが、中島は姿勢を正したまま、こちらの言い値を、

「よろしいと存じます」

と受け容れた。

伊佐男は意外だったが、池端の顔を見ると、特に異論はないという表情をしている。いつもの通り甘く見られる笑顔は見せないようにしているが、内心ほっとしている。

荷の到着するおよその日程が計算される。二週間後に納品という案も受諾される。少し間を取って、考えるふりをする。池端も同様にしている。

「……ということで、話を決めることにいたしましょう」

そして、売買契約書に署名捺印が行われた。

そのあいだ、三石が何か考え込むような顔をしていたが、伊佐男はそれに気付かなかった。

「スンガリーを見ていきましょう。ご案内いたします」

事務所をあとにしたとき、池端はそう言って、伊佐男社長を誘った。哈爾浜に来ると〝松花江〟という和名を口にするひとはいなかった。

「そうだな」

伊佐男は、ようやく笑顔になってあとに続いた。数分後、伊佐男はスンガリーの畔に立っていた。初めて見る大河をまえにして、しばらくは言葉が出て来なかった。

大きい、広い、凄い……、そんな言葉を発しても無意味に思えた。川幅は、見慣れた隅田川の三倍、いや四倍はあるだろうか。向う岸は見えるものの、見た瞬間は、〝海〟という印象を持つほどの規模だ。そしてその水は流れるという言葉通り、太陽の光を浴びながらゆっくりと動いている。

水の印象だけではない。この哈爾浜の大地、北の大地がこのスンガリーを支えている。この広大な自然の大地無くしてスンガリーは存在しない。そんな思いが胸に溢れた。

「アムール川、最大の支流です。遠い長白山から原始林地帯を貫いて流れてきている、と聞いております」

「それだけ力があるということか」

池端の説明も納得出来る。

目を近くに戻すと、船着き場もあり汽船が停泊し、海水浴をするひと、釣りびとの姿も見える。

伊佐男には、哈爾浜はスンガリーが潤す、自然の恵み豊かな豊饒の大地であると思えた。

「左手に、広い公園もあります。江畔公園飯店という名のもレストハウスも作られています」

昼食はその店で済ませた。

「仕事ではないときに、ゆっくりと来てみたいな」

「おっしゃる通りです」

池端はそう言って頷いた。再び車に乗った。

「契約書は持ったな」

「もちろんです」

鞄を外から叩く音が聞こえた。キネオは寒そうに縮めていた首を伸ばし、ハンドルを握った。

「キネオ、大丈夫か」

「はい、大丈夫です。次は何処を回りましょう」

「香坊《シャンファン》の、ニコライ大聖堂をひと目見たい。行ってくれないか」

「ニコライ大聖堂ですね。承知しました」

車はまた南へと戻る。

「社長は、ロシア正教には縁のない方と思っておりましたが」

池端は不審そうな表情で、そう問いかける。

「ああ、確かに縁はない。日蓮宗の仏教徒だからね。しかし、あったと言うことも出来る。ぼくの息子、上のふたりは、神田駿河台の浜田病院で生まれている。そのすぐそばにニコライ堂があった。正式名は〝東京復活大聖堂〟と言うらしいが……」

「有名な建物ですね」

「そうだ。ロシア風の建物のまえを何度通ったことか。宗旨が違うとわかっていても、出産前後は思わず手を合わせた。そんなわけで、こちらの大本山もひと目見ておきたいと……」

「なるほど、わかりました。キネオ、聞いたか」

「はい、うかがいました。良いお話です」

車は、香坊地区に向かって走り、ニコライ大聖堂のまえで停まった。伊佐男は車から降りて、聖堂の扉を開け内部をちらと覗いた。しかし奥までは入らず、すぐに戻ってきた。そして外から、尖った三角屋根の上にある小さな十字架に向かって手を合わせた。その姿は、日蓮上人に気を遣っているようでもあったが、二回の無事の出産を感謝する父親らしい姿でもあった。

その夜、伊佐男はホテルのベッドで夢を見た。

オルガンの音が聞こえている。その場には華やかな空気が漂っている。教会内で若い男女の結婚式が行われているようだ。花婿は長身で瘦せ型の青年で黒い式服、花嫁は白い服に白いヴェールを被っていて顔は見えないが、胸が膨らみ、腰の締まった健康そうな娘である。正面には白と金色の祭服を着た神父が立っている。神社での祝言は、自分を含め何度か参列しているが、教会での結婚式は参加した経験がないにも拘らず、夢の舞台はそこに広がり進行している。

後方の席が見えてくる。どんな親族がいるのだろう。もちろん両親がいることだろう。自分となつめが結婚したときの、父親前原斧治の寂しげな顔が浮かんでくる。

静寂のなか、花嫁と花嫁は誓いの言葉を交わし始める。

……××さんを、夫としますか。はい、いたします。

……××さんを、妻としますか。はい、いたします。

両名は、そう答えて指輪を交換する。拍手が起きている。

しかし、後方席のどこを探しても、花婿の父らしい姿はなく、花嫁の父らしい姿も見えない。

そんなはずはない。どちらも若いゆえ探せば確かにいるはずだ。兄弟姉妹はいるようだ。友人たちの姿も確認出来る。一人ひとりの顔を見て、年齢を探っていく……、突然夢の舞台は暗転となる。明るかった教会のなかはもう見えない。手を伸ばしその夢を追いかけるが、もう夢の光景はスンガリーの底に沈んでしまったのか、現れて来なかった。

2

大連倉庫からの荷が哈爾浜駅に無事到着するまで、伊佐男は平静を装っていたものの、心配で堪らなかった。緑の揚柳が揺れる自然豊かな大連とはいえ、いつ何が起こるかわからない。新京駅内で見た、その大連から荷が積み込まれ列車が走り出したとしても、途中の治安が案じられる。いや、兵隊の物々しい警備姿が目に残っている。哈爾浜駅に到着したら、直ちに荷を下ろさなくてはならない。取引先、開拓補助連合会への輸送トラックの手配はすでに池端がしているが、道中もまた心配である。

予定の日より三日まえに、伊佐男は池端、キネオと共に哈爾浜駅に出向き、駅前の様子を観察した。哈爾浜駅の建物はやはりアールヌーボー様式で、異国情緒を漂わせている。東清鉄道の拠点駅とも言われている駅だ。ロシア帝国の香りもするが、日本人としては、明治の政治家伊藤博文が暗殺された場所として脳に刻みこまれている。列車から降りて移動するところを短銃で狙撃されている。

〝暗殺〟とは、密かに狙って殺す。と辞書に書いてある。恐ろしい行為、としか思えない。犯人の韓国人安重根は「東洋の平和のため狙撃した」と言ったと聞く。駅舎を眺めながら、〝殺さなかった方法はなかったものか〟と思うが答えはすぐに出て来ない。しかしその地に今自分が立っているだけなのに、偉大な人物への哀悼の思いと共に、胸が騒ぐのは何故か。狙撃の瞬間を頭に浮かべたとき、かつて日本橋の上で争っていた長兄龍太郎と次兄容輔の姿、そしてラグビーの試合中スクラムを組み、全身の力を絞る自分を連想した。人間にはもって生まれた競争意識がある。スポーツはその発散法として最適だが……、戦争になった今、そのスポーツもままならない。

駅周辺の、軍人、兵隊の姿は思ったより多くなかった。

「心配することはなさそうだな」

伊佐男はそう言って、キネオの待つ車に戻った。池端もあとに続いた。

「スンガリーに行ってくれ。もう一度眺めたい」

そして再びスンガリーの畔に立った。

水の流れだけではなく、その日良く晴れて日本の地では見られない〝地平線〟というものを見ることが出来た。

「此処はまさに大陸だな」

伊佐男は改めてそう呟き、

「大陸で仕事をするならば、この地のような広い心を持たないと、いかんな」

と付け加えた。

「幸運を祈るばかりです」

「祈るばかり、とは良い言葉だな」

「お恥ずかしゅうございます」

「ぼくをはじめとして、人間は皆小心者なんだ。常に怖がっている」

「そうかもしれません」

「恐怖が高じると、攻撃に転じる。そして……」

その先の〝戦争〟と言う言葉は口にしたくなかった。

すべては、〝祈るばかり……〟ニコライ大聖堂の十字架が遠くに浮かんでいた。

三日後、貨物列車は無事に到着し、五屯ほどの荷物はトラックに積み込まれ、発注会社に納めることが出来た。先方の支払いも完了し、銀行その他の手続きを済ませた。初対面から十日後、すでに四月になっていた。その夜はホテル近くの店でささやかな慰労会が行われた。

店に入ってきた池端は笑顔であったが、三石キネオは少し元気がなかった。しかし、身体が弱い話はすでに知っていたので、疲れたのだろう、今夜は早く帰してあげようと思っただけで、伊佐男は気にしていなかった。とにかく好きな酒が飲めることが嬉しかった。

翌朝、キネオは池端のうしろに隠れるような姿で、伊佐男のホテルに現れた。それはひどく悪びれている姿であった。

「どうしたんだ。身体の調子でも悪いのか」

「いえ、本日キネオは、社長にお詫びをしたい、と申しております」

「何、詫び、だと」

思ってもいなかった言葉に、伊佐男は不吉な予感を覚えた。

「私も監督不行き届きとして、お詫びを」

そういう池端の声を遮って、伊佐男は、

「早く言えよ、何をした」

と催促をした。キネオの身体が池端の手でまえに押し出された。キネオは、涙ぐみながら話を始めた。

「……あの日、二週間と少しまえ、マータイの受注者である開拓補助連合会の事務所に行きました。中島と名乗っていた人物に会いました。その瞬間妙な気持がしました。どこかで会ったことがある、と思ったからです。しかし、中島という名前に心当たりはありませんでした」

「それは妙だな」

「はい、以前お話したように、ぼくは軍の病院に入院しています。発作で苦しんでいるとき、色々な方にお世話になりました。軍医さん、看護師さんなど……」

「……事務所を出て、ご一緒にスンガリーを眺めているとき、やっと思い出しました。あの中島というひとは、吉林部隊の病院で働いていたひと、だと。でも、違う名前だったことを……」

「それは、偽名ということか」

「確か、タカ、と呼ばれていた、と思います。フジ、と呼ばれているひともいました」

「ナスビ、と呼ばれているひとはいなかったか」

「さあ」

「ナスビが居れば、それはまさに、一富士、二鷹、三茄子の暗号だな」

笑いごとではない。伊佐男は顔を歪めた。

「間違いないな」

「はい、間違いありません」

キネオは続ける。

「……でも、契約が成立したあとでしたし、不確かなことを言い出してお気持を害されてはと思い、黙っていました。これからもずっとそうしよう、と思っていました。でも……、スンガリーからさらに香坊に行き、ニコライ大聖堂の十字架に向って手を合わせている社長のお姿を見て、感銘を受けました。母にも話しました。母は、すぐにでも社長さんにそのことを話したほうが良いと言いました。それで支店長に打ち明けました。……誠に申し訳ございませんでした」

そこまで話し、キネオは床に崩れ、頭を下げた。池端はその身体を起こし、椅子に座らせた。

「よく話してくれた。ともかく仔細はわかった。あとは池端と相談する。ひとまず茶を飲んで考えよう」

伊佐男はそう言って、キネオを労った。温かい茶を飲んで、ふたりは考える。キネオも茶碗を手にしている。その手がまだ微かに震えている。池端は鞄から帳簿と通帳を取り出す。

「これらを見ている限りでは、わが社は損害を被ってはおりません」

帳簿と通帳を広げる。確かに入金はされている。

「しかし、何故偽名を使い、素性を隠し、騙したんだ」

伊佐男は疑念を口にする。この時代この満州の地で、軍部からの発注があってもおかしくはない。深く関わりたくはないが、少々のことなら業者のほとんどは協力し、売買を行っている。

「これから先方の事務所に行ってみましょうか」

「行っても無駄かもしれんが……」

思った通り、スンガリー近くのその事務所はもぬけの殻になっていた。その帰り道、伊佐男は少し頭痛を覚えた。

ホテルに戻り、午後からさらに会議を続けた。

「軍の研究内容を隠し続けている、という組織がこの哈爾浜の郊外にある、と聞いております」

「平房地区の軍事施設か。確か、関東軍防疫給水部と」

「それは、正式名称ですが、密かに言われているものが……」

「何というのだ」

「あの……」

キネオが身を乗り出した。

「キネオ、知っているのか」

「はい」

「言ってみなさい」

「満州第731部隊です。ペスト菌、チフス菌、赤痢菌、コレラ菌など、何種類もの細菌を培養し、生産し、兵器として使おうとしている、と聞いております」

「どうして知っている」

「その部隊は、少年兵が多く使われています。中学の同級生が何人も入隊しています。そのひとりから聞きました。何かの実験の補助要員として働かされている。と」

「何かの実験か」

しばし沈黙が流れた。伊佐男の脳が忙しく動く。

……ペストの流行はこれまでに、世界で三回あったと聞いている。その三回目は一八九四

(明治二十七)年香港での大流行をきっかけに世界的に広がった。その経験を持つ両親は、伊佐男の子供時代、媒介者と言われていたねずみを発見するたびに、「ペストを殺せ」と叫んでいた。

当時、東京、横浜の役所がねずみ駆除に乗り出して、ねずみ一匹を三銭から五銭で買い上げるという措置を講じたことでも知られている。そして、日本政府より香港に調査派遣され、ペスト菌を共同発見した北里柴三郎氏の名前も浮かんでくる……。

そしてチフス、赤痢、コレラは、主に食物から、その衛生状態の悪さから、繁殖するものと聞いている……。倉山の両親はそのころ懸命に生きていた。

あのころが懐かしいが、今の自分は倉山商店の代表取締役だ。

「わが社のマータイは、どこへ行ったのか」

「そもそも、病原菌とマータイはどう関係があるのか」

それだけが気懸りであった。

日本の店と鎌倉の家に電報を打ち、帰りは九月になると知らせた。キネオの言う、第731部隊について少し調べて帰りたかった。

3

電報を手にしたとき、なつめは少し寂しく思ったが、三人の息子たちの食料調達を考えると、元気を出さなくてはならないとおのれに鞭打った。この夏以降、砂糖の配給が停止されると聞いて、困惑してもいた。南瓜やさつま芋がやっと手に入るにしても、糖分の不足はそれだけでは補えない。小豆が手に入っても、砂糖がなければ汁粉も作れない。じいやの一平も奔走してくれているが、手に入るのは幼馴染の漁師仲間からの鰯などの小魚が精いっぱいだ。東京出身の一家で、食料調達の出来る地方に縁のないのが、このときばかりは悲しく思われる。地方に買い出しに行き、背中にリュックを背負う体力は細身の身体にはない。それでも泰男が近くの御成小学校に通うようになったので、帰りも早くなり、力を貸してくれるので米の買い出しなどは助かっている。そんなとき、文京区から練馬区成増の別荘に疎開している前原家から届く食料は、何よりの贈り物であった。東京の一角と言っても、成増は南側に、東上線と並行して国道245号（川越街道）が走っている閑静な地域で、農地もかなり残っている。

しかし、甘えてばかりもいられない。長兄永一郎はすでに五十を超えまもなく還暦という年齢になっている。父前原斧治亡きあと、この長兄夫婦と暮している母こうは、健在といえども七十代である。

都心の学童疎開の実施がほぼ終わったある日、長兄の妻晶子から手紙が届いた。

倉山なつめ様

ご主人様のご出張中、甚だ恐縮ですが、お願いがひとつございます。お義母様を鎌倉のお宅で預かって頂けないでしょうか。これから先、成増より、そちらの方が安全に思われます。お義母様も、それを望んでおられます。

前原晶子

美しい筆文字でそう書かれてあった。突然の申し出であったが、なつめはすぐにそうしたいと思った。今までその案が浮かばなかったことが恥ずかしく思えた。すぐに、哈爾浜に電報を打った。

ハハコウヲソカイトシテ、カマクラニアズカリタシ　オユルシヲコウ　ナツ

すぐに返信電報が届いた。

サンセイスル　アンゼンダイイチ　イサオ

なつめは胸を撫で下ろし、その夜成増への手紙を書いた。

晶子お義姉様

承知いたしました。母こう様を当分のあいだお預かりさせて頂きます。

倉山なつめ

と承諾の返事を書いて送った。

話をまとめるに際し、こうの食費、医療費その他必要経費と共に、今後も食料の援助を続ける、という約束が交わされた。なつめはこの新しい役目に、心の張りを得た気持になっていた。まもなく、〝おばあちゃん〟と息子たちが呼ぶ、母こうが鎌倉の家の二階南側の部屋に引っ越してきた。荷物が先に届き、その後永一郎、晶子夫婦が付き添いで母こうを連れてきた。こうは、なつめの顔を見て涙を零していた。思えばこれが学童疎開に続く、老人の疎開であった。当時の国は、老人の疎開を学童疎開ほど大きく扱っていなかった。

息子たちが喜び、度々その部屋を覗くようになっていた。なつめの機嫌が良くなっているのも、子供なりに感じているようであった。こうは、目を少し悪くしていたが、耳は良く聞こえ、ラジオを聴くのを好んでいた。戦争のニュースの合間に、長唄の演奏などが聞こえてくると、「本当に、いい音色だねえ」と耳を傾けていた。そんな折、次男の満男が部屋に飛び込んできて、ラジオが聞こえなくなるほどの声で騒いでも、こうはいつも微笑んでいた。なつめには、満男はわざとそうして甘えているように思えて、伊佐男が戻ってきたらぜひ報告しようと考えていた。

第九章　ああ、我が社のマータイ

1

丸一日迷ったが、伊佐男は決めた。その軍事施設をせめて遠くからでも眺めてみたい。731部隊のある平房地区は哈爾浜市からほぼ南に約二十キロメートルのところにある。キネオに車を走らせて行ってみることに……。

朝キネオがやってくるなり、「車で平房地区に行ってくれ」と頼んだ。池端はいつも三十分ほど遅れて来るのだった。キネオは少しいぶかしげな顔をしたが、「はい、かしこまりました」と言い、すぐに車のハンドルを握った。車は南に向って走り出した。暑さのため窓は開け放っていた。青く澄んだ夏の空がどこまでも広がっていた。その下の白い道路は、長く続いていた。

何処へ行ったかわからない我が社のマータイは、この道を通って、恐ろしい場所に運ばれたのだろうか。確かめる方法はまったくないが、疑いのある場所に近付きたい、その場所をひと目見てみたいという思いが募る。それは一種の誘惑とも言えた。伊佐男は興奮し、汗を掻いていた。

十数キロ走ったとき、前方に検問所のような小屋があるのが見えた。日の丸の旗を持った兵士が右手に、黄色に何やら書いてある旗を持った兵士が左手に立っていた。

「この先に行く通行証を見せろ」

いきなりそう聞かれた。

「持っておりません」

伊佐男もキネオもそう答えた。いや、そう答えるしかなかった。

「それなら、すぐに戻れ」

兵士は来た道の方角を指差した。キネオは車をUターンさせた。伊佐男はその瞬間、行きたかった方向に目を遣ったが、何も確認することは出来なかった。状況を薄々察していたキネオは黙ってアクセルを踏んだ。車だけが走り、ふたりは沈黙した。哈爾浜のホテルに近付いたとき、その玄関のまえで心配そうに立っている池端の姿が見えた。

「どこへ行っていらしたのですか」

池端もおおよその見当を付けていたのか、

「危ないことをなさると、当局から目を付けられて、営業が出来なくなりますよ」

と顔をしかめた。そして、

「平房地区の情報は、出来得る限り、集めるつもりです。ご心配なさらないでください」

涙声で言った。

一週間も経たないうちに、伊佐男のもとに第731部隊の情報は集まってきた。哈爾浜の領事館、藁工品、麻袋組合にも伝手があり、そちらは池端が奔走し、キネオは中学の同級生数人に手紙を書き、その返事を待った。同級生はすでに戦地に行っているものが多く、兵隊に届く手紙には軍部の検閲制度もあり返事は期待出来なかったが、ひとりだけ丁寧な返事をくれた者がいた。その者は結核療養中で、キネオと同じように、一度入隊し病気によって除隊したAという若者だった。

その便箋数枚の手紙には、以下のような言葉が並んでいた。


三石甲子男君、久しぶりだね。お便り嬉しく読みました。こちらの体調はまあまあです。毎日微熱が続き、咳もかなり出ています。

お尋ねの件、出来るだけ詳しく書きますが、途中、咳き込むとペンが持てなくなり、尻切れになるかもしれず、その場合はお許しください。

哈爾浜市郊外、平房の地に存在する軍事施設では、細菌による人体実験を行っています。開発した細菌の効果を試すためと思われます。実験には、生きている人間を使っていると聞いています。ぼくは補助員として半年ほど働いていただけですから、実験を見たわけではありませんが、中国人、蒙古人、朝鮮人と思われる捕囚がいたことは確かです。帝国大学医学部や、他の医科大学から派遣された優秀な医師が多かったように思います。でも名前は聞かされず、当事者たちも名前を呼んではいませんでした。それゆえ、証拠は何ひとつありません。除隊の理由は、大量喀血をして入院したからです。除隊の前日、軍医さんに「此処であったことは、一切話すな」と言われ、拇印を押すように言われました。拇印を押したことよりも、そのとき横に立っていた鬼軍曹と言われていたひとの目が鋭くて、とても怖かったのが忘れられません。

そちらの社長様が、マータイと細菌はどう関係するのか、と案じておられるようですが……、おそらく、何かのときの、証拠隠滅にマータイを使うのではないかと……、あくまでも推測ですが、……思われます。

この手紙も書いてはいけないと思いますが、こちらもいつ死ぬかわからないので、遺言と思って書きました。しかし名前は省きます。お役に立てば幸いです。

この手紙は、キネオが伊佐男のホテルまで走って届けに来た。続いて池端も、幾つかの情報を手にしてやってくる。三人で手紙を読み、さらに協議する。

手紙になかの、〝マータイは、何かのときの証拠隠滅に使うのでは……〟という言葉は、池端が領事館、組合から得てきた情報と一致した。伊佐男は話がわかればわかるほど、もう少しまえにこの話を知っていれば、という後悔の念を覚えていた。

またいつにない頭痛が起きた。

「大量のマータイの使い道がわかったが……」

伊佐男はこめかみを抑えながら、溜息を吐いた。

「嫌な話です」

「信じられない話です」

キネオは首を振り続ける。

伊佐男はまたこめかみを触った。

「社長、頭痛でしょうか、薬とお水をお持ちしましょうか」

「いや、大丈夫だ」

そして付け加える。

「ぼくはまだ、如何なる菌にも侵されてはいない」

〝天地に向って愧じない、ラガーマンだ〟と、言いたかったが、心のなかで抑えた。いや、実際には声に出す気力が湧かなかった。

「確かに、社長はご潔白です」

「池端もキネオも有り難う。ご苦労だったな」

「そろそろ大連に戻らなくてはなりません。支店の仕事があります」

「そうだな」

「列車の手配をさせていただきます」

池端はそう言って、キネオを連れて部屋を出て行った。

伊佐男はいつものように、部屋で独りになっていた。

良い部下を持ったことは確かだが、問題が解決したというすっきりとした気持にはなれなかった。損害はなかったというものの、金銭を騙し取る詐欺に遭った方が、まだわかりやすい……もちろん烈火のごとく怒るだろうが……、これには知能犯の匂いが漂う。

そんなことを考えながらシャワーを浴び、部屋着に着替え、ウォッカの瓶を手にした。ゆっくりと中身をグラスに注いだ。一口飲むたびに、正面の壁の向うに幾つかの顔が浮かび、そして消えた。

〝満州は、傀儡国家だ。気を付けろ〟

と言っていたかつてのチームメイト前原昭生の声が聞こえてくる。手紙は何度かもらったが、マニラ以来会っていない。傀儡とは人間または国を操る、つまり思いのままにする、ということだ。わが社は、目に見えない何かの、思いのままにされている、いや、されてしまったのか。それは倉山商店社長、倉山伊佐男として許せない。もちろんラガーマンとしても……。

その思いを切り裂くように、前社長倉山容輔の顔が浮かんでくる。

〝おまえは三男坊で、親父に甘やかされた〟

〝その通りです〟

と声を返す。

〝そもそもぼくは、社長になる星の下に生れてはいない。葉山の龍太郎兄が、すんなりと親父の跡を継いでいたならば、容輔兄が四十二歳で急死することがなければ……〟

と窓を開けて夜空を見上げる。生憎曇っていて光る星を確認することは出来ない。

窓を閉めてテーブルのまえの椅子に腰かける。テーブルの上にはウォッカの瓶とグラスが置いてある。ベッドの脇の時計を見る。九時を少し回っている。深夜には天気も変わるかもしれない……、と思いながら、瓶のふたを開ける。グラスを手に持ちゆっくりと飲む。その味がいつもより苦く感じられる。日本の酒の味が恋しいが、室内に用意してはいない。

さらに飲み続けると、哈爾浜駅の駅舎が、朧なかたちで目に浮かんできた。

……改札口からホームに歩き、列車に乗れば大連に着く。そして大連港から船に乗る。

帰日の念が強く湧いた。飲むごとにそれは募った。自分は大物政治家ではないが、この満州で殺されることもあり得る。そんな恐怖心も湧いていた。だれに操られることも、騙されることもなく、列車で無事に大連に着き、連絡船の手配をし、一日も早く日本に、そして鎌倉の家に……、そして裸になって風呂に入り、本当の自分になりたい。……子供たちに会いたい。なつめは日々、どのように過ごしているだろうか。身体に支障はないだろうか。

心身ともに疲労が広がり、動作が緩慢になっているにも拘わらず、グラスに酒を注ぐ速度だけは早くなっていた。伊佐男は椅子に座ったまま、それを繰り返していた。

いつか伊佐男はそのまま眠っていた。

夢を見ていた。

白衣に白い帽子、マスク姿が見える。それも大勢忙しく働いている。

耳を澄ましても、誰も名前を呼び合っていない。目の形と体形でだれかを覚え、階級らしい言葉で呼び合っている。上官と思われる大人は背も高く存在感を放っているが、少年隊員と思われる十代の若者の姿もある。

上官が少年隊員数名を呼ぶ。するとたちまち集まって来る。長く暗い廊下を歩く。奥の一室に入っていく。どうやらそこは標本室のようだ。棚の上にはガラス瓶が並ぶように置かれてある。

〝防腐剤〟〝ホルマリン〟〝マルタ〟という声が聞こえている。

少年たちは初めてこの部屋に入ったようで、ガラス瓶の中身を見て、目を覆い、恐怖の声を上げている。

胃や腸などの内臓ばかりではない。目の玉の飛び出したひとの顔、妊娠中の女性、腹を断ち切られ子供が見える腹部もある。

〝これも国のため、戦争に勝つための実験だ〟と訓辞を垂れる声が響く。その夜からうなされて床のなかで失禁する少年がいる。キネオとは違う別の顔だ。それが何日も続く。いや、生涯忘れることは出来ない記憶となる。

ソ連が参戦すれば、国境を越えて攻撃してくるに違いない。証拠を残してはならない。そのガラス瓶の中身は焼却され、骨は拾われマータイに入れられる。マータイの山が出来る。急いでスンガリーに運ばれる。大河に流すつもりらしい。数人の手によって放り込まれているが、岸辺のマータイの山はなかなか小さくならない。

あのマータイは、いつどこで手に入れたものだろうか。わが社のマータイなら裏の縫い目に、会社名の印刷された白い布が付いているはずだ。何とか確かめたい。右手を高く上げ五本の指を動かす。しかし、見ている場所は遠く、近付いて調べる手立てはない。

スンガリーはそれでも流れを止めることはない。時とともに、悠々と流れていく。

ああ、大地の恵みスンガリー、ああ、我が社のマータイ。

意識が朦朧としながらも、伊佐男は室内の空を攫むように右手を上げ、立ち上がった。少し歩きだしたとき、何者かに頭を打たれたような強い衝撃を覚え、夢は跡形もなく消えた……。

倉山伊佐男は、その夜ホテルの室内で倒れた。

翌朝九時、ホテルを訪れた大連支店長池端新吉と三石甲子男は、ノックしても応答がなかったことに驚き、フロントに走った。職員の手で鍵が開けられたとき、社長伊佐男は、床の上で倒れていた。すぐに救急車で哈爾浜市立病院に運ばれた。医師の診断は、脳溢血、まだ三十八歳の倉山伊佐男だった。

医師は、幾つかの検査のあと、付き添いの池端を別室に呼んで話す。

「薬を投与いたしましたので、まもなく意識を取り戻すとは思いますが」

「有り難うございます」

「しかしながら、脳溢血の後遺症が残る恐れがあります」

さらに医師は質問を行う。

「ホテルには、お独りでの宿泊だったのでしょうか」

「はい、そうです。しかし朝の九時には、いつも通り私どもが出勤いたしました」

「どなたかが、傍に居られると良かったのですが」

「と申しますと」

「検査の結果として、申し上げますが、発見が遅れたように思われます」

池端は衝撃を受け、言葉を口にすることが出来ない。社長と社員は別のホテルに泊まる。これは長年の会社の方針であり、疑問を持ったこともなく、変えようとしたこともない……。

「脳溢血とは、脳内で血管が破れ出血することです。その処置は、一刻も早い方が良い。患者さんの場合、脳内の血がかなり固まっています。少なく見ても倒れて十時間は経っています」

……それがこんなことになるとは……、池端は何とか声を振り絞る。

「先生、お願い申し上げます。倉山伊佐男氏は会社としても大切な方、日本にはご家族もいらっしゃいます」

医師に向って手を合わせた。

「もちろん、最善の治療はいたします。幸い患者さんの心臓は丈夫で、動いているようです」

「お若いころ、大学ラグビーの選手だった方です」

「そうですか、道理で良い身体をしておられます」

「日本に電報を打たなくてはなりません」

「当分は動かせませんので、移動は出来ません。哈爾浜で治療をし、回復を待つようになると思います。そう伝えてください。何ぶん日本までは遠い」

病院を出て、池端とキネオは、電報の打てる場所まで、夢中で歩いた。

2

なつめはその日の午後、実母こうの傍らで、小さな人形を手にしていた。収集した日本人形は、すべて橋場から鎌倉に運んで来ていた。近くからは由比ケ浜の波の音が聞こえ、心地良い風も流れてくる。湿気を嫌う人形は、ガラスのケースから時折出して空気に触れさせることが大切であった。そんなとき、人形の白い顔や手の小さな汚れに気付くこともある。なつめはガーゼや晒しの布で、汚れをそっと拭いてやっていた。

目下、夫は満州に出張中、さらに戦時中でもある。庭からは子供たちの騒ぐ声が聞こえている。なつめは今や三人の男子の母親になっている。それでも、実母の傍で好きな人形と向き合えるのは至福のひとときであった。〝女の子が欲しい〟という望みもまだ捨ててはいなかった。こうは背を丸めながらも、人形に話しかける娘を、目を細めて眺めていた。

そのとき庭から、

「誰か来たよぉ」

という泰男の声が聞こえた。

「電報だってぇ」

玄関まで出て行ったのは、古くからの使用人トヨのようであった。すぐにトヨは二階に上がってきて、受け取った電報をなつめに渡した。なつめは人形をケースに仕舞い、電報を開く。そこには、

シャチョウ、ハルビンホテルニテタオレ、ハルビンシミンビョウインニハイル、イサイフミ、イケハタ

と書かれてあった。

人形好きの娘なつめは、すぐさま倉山伊佐男の妻に戻り、老いた母には何も知らせず、階下の仏間に向った。数々のお位牌とともに、仏壇もこの鎌倉に運び、朝夕手を合わせ祈る。蠟燭に火を灯し、線香を上げ、鉦を叩く。

「どうかされましたか」

トヨがただならぬ気配を感じたのか、仏間に姿を現して、訊ねる。

「有り難う。電報は満州からでした」

「満州で何か事件が」

「だんな様が、出張先の哈爾浜のホテルで倒れて、入院されたと」

「まあ、それは大変なことに」

「……でも、手紙を読んでみなければ」

そう言うなつめの顔は、青白く強張っていた。

「奥様、どうかお茶の間でお休みになってください。ひとまずお茶でもお飲みになって」

トヨに手を引かれ、なつめは茶の間の座布団の上に座った。温かい茶をひと口飲んでから、もう一度電報に目を通し、トヨにも見せる。

「イサイフミ、と最後にありますから、まもなく手紙が届くでしょう。それまではどうすることも出来ません」

電報に目を通したトヨは、頷くばかりである。

「とりあえず、泰男にだけは知らせましょう。あの子は長男ですし」

「一平さんにも知らせておきましょうか」

「そうですね」

「夕方にでも、お知らせいたします」

「ところで、子供たちのおやつは」

「さつま芋を蒸かしました」

なつめの目に、さつま芋を頬張っている泰男の顔が浮かんでいた。

満九歳になっていた泰男は、その折母親から聞かされた〝父親の入院〟をさほど重く受け留めてはいなかった。そのうちに治って帰って来るだろうと思い、さつま芋に食べ飽きた胃袋をさすっているのだった。


まもなく哈爾浜からの手紙が届いた。池端は懇切丁寧に病状を知らせてくれていた。

伊佐男の意識は間もなく戻り、

「お名前と生年月日をおっしゃってください」

という医師の問いに、

「明治三十八年九月九日生れ。倉山伊佐男」

と答えたという。

〝しかし、スポーツをなさっていたからか、心臓はご丈夫で、しっかり動いているとのこと、ただし、右半身不随、言語障害などの、脳溢血後遺症はあるようです。当分はマッサージ、お話の訓練をなさる必要あり、とのことです。哈爾浜市立病院の診断書を同封申し上げます。池端〟

内容は以下である。

診断書

氏名　倉山伊佐男殿

三十九歳

一、病名　脳溢血性半身不随症

右頭書ノ疾患ニテ今後約半ケ年間ノ安静加療ガ要スルモノト認ム

右診断候也

康徳九年十月十日

哈爾浜市南崗鐵嶺街

哈爾浜市立病院

内科医師　中西耕吉

署名捺印され、封筒の裏には、哈爾浜市公署、と書かれている。

康徳の年号は当時の満州国の年号である。

康徳元年は西暦一九三四（昭和九）年、従って、康徳九年は、昭和十八年となる。氏名の横にある年齢は数え年。さらに、半ケ年間ノ安静加療ガ要スル、というのは、年内には日本に帰れないということを、会社そして家族に告げるものだった。

すぐに二度目のウナ電が届いた、

　オクサマノゴトウライヲオマチスル、イケ

と。

その電報と手紙を持って、なつめは二階のこうの部屋に走った。

「どうしたんだい。伊佐男さんに何かあったのかい」

こうは、何時にないなつめの様子に、そう言った。

「わたし、哈爾浜に行かなくてはなりません」

「そうかい」

こうは娘のなつめより落ち着いた声を出していた。

「これが診断書です」

こうは老眼鏡を取り出して、それをゆっくりと読んだ。

それから、

「早く行っておやり、わたしのことは心配しなくても良いから」

と言った。なつめはその声を聞いて、小網町の店に連絡しようと、電話機のある一階に向った。受話器を取り、局の交換手に番号を告げた。店にも、古くからの交換手がいた。三人目にやっと元橋に繋がった。

「わたし、哈爾浜に行きます。……」

そのあと何を話したのか、よく覚えてはいない。

「……奥様、くれぐれも道中お気を付けて」

という高い声が耳に残っているだけである。

昭和十八年十月、神宮外苑で、出陣学徒壮行大会が行われる。

その中には慶應義塾大学の学生も、伊佐男の後輩である蹴球部の部員もいた。

さらにこの年、〝欲しがりません、勝つまでは〟という言葉も生れている。

第十章　鴨緑江を越えて

1

なつめにとってそれは初めての海外への旅だった。長男泰男と三男行雄を抱いたトヨに見送られ、門司港に向かう列車に乗った。嫌いだったもんぺ姿も、いつか馴れて着こなせるようになっていた。しかし髪の毛は切らずにいつも結い上げ、白いうなじと細い首を露わにしていた。その頭に、いざというときに被る防空頭巾を首に下げ、同じ布製のバッグを肩にかけ、左手には厚めの着替えの入った袋を抱え、足には、何かのときと考え、用意していた革靴を履いた。

隣の座席には、次男の満男の姿があった。来年から鎌倉市のハリス幼稚園にはいることが決まっている満男は、今一番手のかかる年ごろだった。兄泰男の小さいころに比べると動きが早く、片ときもじっとしていない。深く考える時間はなかったが、出発に際しなつめは、満男を連れて行くことを選んだ。健康優良児の行雄は、そろそろ緩めの粥などの離乳食が食べられるようになっており、母こう、トヨ、じいやそしてばあやもそれに賛成した。

「あとは何とかやります」

長谷の家を出るときじいやはそう言った。

「おばあちゃんを」

ばあやには、そう言って頼んだ。

門司に着いたのはその日の夜だった。そこから夜行の連絡船に乗り、釜山に入る。主人伊佐男からいつも聞かされていた大連港から満州に入る方法とは違う行程である。揺れる船のなかでの睡眠も初めての経験で辛かったが、添い寝している満男はよく眠っていた。それ見てなつめも少しだけ眠った。翌朝、釜山から乗った列車は朝鮮半島を一気に北上した。山間の地域を走り、そこを抜けると朝鮮服を着ている人びとが見える小さな村が現れた。途中の駅で、老人が手にしている煙管も長く、日本で見る煙管とは違っていた。午後になると列車は海沿いを走っているのか、微かに潮の香りが感じられた。しかしそれも、由比ケ浜の香りとは似ても似つかなかった。

「まだ、着かないの」

と、長い列車の旅に飽きて訊ねる満男に、

「あともう少し」

という返事を繰り返した。通路を小走りに行ったり来たりしていた満男は、やがて疲れたのか腰かけて眠り始めていた。寝顔を見て安心し、膝にショールをかけて風邪を引かないようにした。列車は轟音を立てて走り警笛も鳴らしたが満男は微動もせず、可愛い寝顔を見せて眠っていた。

安心すると同時に、それまで抑えていた疲労とも不安ともつかない、灰色の悲しみが全身に感じられた。この先満州国に入り、哈爾浜に到着し、病院に居る主人に会う。

どんな容態なのだろう。笑ってくれるのだろうか、泣いて対面するのか。それとも無表情か……、全く想像出来なかった。今後どれほどの看護が必要なのか。果たして日本に連れて帰れるのか、もしかすると不可能かもしれない。その場合、私はどうやって生きたら良いのか……。考えることすら出来ない。

夕暮れが近付くとともに、灰色の悲しみはさらに濃度を増し、黒い雲に覆われた絶望に近い感情が湧いていた。……いつか、なつめはふらふらと立ち上がっていた。緩んでもいないもんぺの紐を結び直した。車内の手洗い所に行くつもりだったが、いつのまにか光の差す方向へと歩いていた。小扉を開けデッキへと出た。

折しも列車は朝鮮と満州の国境、鴨緑江の鉄橋に差し掛かっていた。轟音とともに視界が開け、デッキの向うは大きな川となった。支柱に摑まりながら、恐る恐る眼下の川に目を遣る。その瞬間、戦慄が走る。水はかなり濁っている。その川は流れているという従来の印象とは程遠く、渦を巻き、そして渦をほぐしまた渦になり、暴れながら動いているようだ。

凄い川、この川に落ちたならば、ひとたまりもなく底に沈んでいくに違いない……。

なつめは思う。

今このデッキから身を投げれば、間違いなく私は死ぬことが出来る……。

恐怖心が、氷が解けるように消え、哈爾浜の病院も鎌倉の家も、親しんできた多くのひとの顔も消えていく。鉄橋は長く続き、陸地にたどり着く気配はない。轟音も眼下の渦も今は心地良い音楽となって、なつめを誘っている。

「さようなら」

と呟き、支柱から手を放そうとした瞬間、なつめの耳に小さな足音が入った。続いて、

「どうしたの」

という声。それは座席で熟睡していたはずの次男満男の声だった。

我に返ったなつめは、満男を抱きしめる。

「お手洗いに行こうと……」

あとは涙で声にならなかった。抱かれた満男は無心に外を見る。

「川だ」

「そうねえ」

「大きい川」

「何という名前かしら」

なつめは、答えることが出来なかった。その大河の名前すら浮かんで来なかった。

満州国にはいり哈爾浜駅に到着するまで、なつめは二度と満男の傍を離れようとしなかった。

市内のホテルに入り、荷物を置いてすぐに哈爾浜市立病院に向った。一刻も早く病床の夫伊佐男に会いたいと思ったが、微かに怖さも湧いていた。病室に入ったとき、伊佐男は医師の診断を受けている最中であった。隅に置かれている椅子に座って待っていると、やがて医師はそのまえに移動してきた。

「御覧の通り、まだ動かすことは出来ません」

「当分は、右半身の機能回復のマッサージ、言語の訓練などをいたします」

と医師は告げた、そして、今は日本に帰るどころか、大連までの移動も難しいと付け加えた。

医師が部屋を去ってから、なつめは改めて主人伊佐男と向き合った。

「だんな様、なつめでございます。満男を連れて、日本から参りました」

と言って、満男の手をその左手に握らせた。

伊佐男はその手を握り返す。満男は兄泰男の小さいころのようにはにかむことはなかったが、すぐに手を放し、ベッドの周辺を飛び歩いた。

「静かにしなさい」となつめは声をかけたが、すぐに夫に語りかける。

「ご無事なご様子、安心いたしました」

「道中、は、無事、だったか……」

「はい、何事もなく」

大きな川に身を投げようとした話は、もちろんしなかった。

「良し」

細い声だが、号令のようにも聞こえる。その顔をじっと見詰める。

……確かに、白い枕のうえにある愛しい夫の顔は、少しやつれ病んでいる人間の顔に感じられる。しかし、それは何処から見ても夫の顔であることは間違いなかった。

まだ三十八歳の若さゆえ、漆黒色の髪は濃く一本の白髪もなく、顔に皺らしい皺もなかった。欲目かもしれないが、眼光にはまだラガーマンの鋭さが残っているようにも思えた。しかしながら、当分はこの病床から動けないという現実は、厳しいものであった。

門司までの列車、釜山までの連絡船、朝鮮半島を越える列車に乗っている長い時間、全身を包んでいた悲しみと不安、不意に訪れた死への誘惑は消えていた。この現実にどう立ち向かったら良いのか、ともかく生きて行かなくてはならない。まだ何も考えがまとまっていなくても……。


一時間ほどの対面が終わってから、別室で、ずっと社長伊佐男を支えてきた池端と話をする。

「マニラ、大連、哈爾浜と仕事が立て込んでおりましたので、お疲れだった、と」

池端は、なつめに気を遣い、マータイ受注の顚末については話をしなかった。

「発見も遅れましたが、目下最善の努力をしております」

社長と社員が、別の宿に泊まる古くからの習慣についても、話すことはなかった。

「ところで奥様、こちらにはどれくらいご滞在出来るのでしょうか」

「そうですねえ」

なつめは、今見たばかりの伊佐男の顔を思い浮かべ、確答することが出来なかった。

何ぶんにも、突然の出来事である。三人目の子供が生まれたばかりで、夫婦の人生も、これから、と思っていた矢先である。実家の母こうも預かっている。丈夫ではない自分の身体が、哈爾浜の冬の寒さに耐えられるか、という不安もある。無理をすると、共倒れになる恐れがないとも言えない。第一、それほどの旅費も持ち合わせていない。

「一週間ほど、様子を見させていただきます。それから、決めたいと思います」

「わかりました」

池端はそう言ったが、その表情にも困惑の色が浮かんでいるのだった。


なつめはそれから十日間、その哈爾浜に居て、親身に伊佐男の世話をした。容態は一進一退であった。寒さは募り、スンガリーも凍り始めているという。帰る前日、池端といっしょにスンガリーを見に行った。なつめはその縁に立った途端震えを感じショールで顔を覆った。

「お寒いでしょう」

と池端は言ったが、なつめは寒さに加え、その川の規模に戦慄を覚えていた。川というよりも大陸が果てしなく続く、という印象があった。時代が変わっても和服を着続け、日本人形を愛してきた保守的ななつめには、大きな衝撃であった。同時に、何もかも凍るこの地で暮していけるか、という不安と恐怖が湧いていた。夫伊佐男の世話をしなくてはならないことはよくわかっていた。しかし、鎌倉長谷の家に残してきた子供たち、さらに母こうの顔を浮かべると、そう簡単には決められない。スンガリーの存在はむしろ、細身のなつめの身体を弾き飛ばしているのだった。

十一日の朝、なつめは来たときと同じように、列車に乗り哈爾浜をあとにした。

2

無事に船は日本に着き、門司港から長い時間列車に乗った。

満男とともに鎌倉の自宅に着いたのは二日後で、その夜からなつめは熱を出して寝込んだ。寒さと疲労から風邪を引いたようだった。しかし、熱が下がると同時に、床の脇に小机を置き、手紙を書き始めた。夫倉山伊佐男の病状を伝えなければならない人間が多く存在していたのである。

先ずは、小網町の倉山商店に、そして葉山に住む伊佐男の兄龍太郎に、さらに大森に住む倉山良夫に、知らせなければならなかった。大森の場合は、倉山良夫宛てに書いた手紙を、母親の十志子が開封するという仕組みになっていた。それが倉山家の慣習として続いていた。最後に成増の前原家そして前原昭生への手紙を書いた。あとはトヨに頼めば代わって書いてくれるだろうと考えていた。一通書いては体を横たえ、それからまた起きて二通目を書いた。全部書き終えたのは一週間後であった。

株式会社倉山商店からは、元橋からの電話で返事があり、龍太郎からは丁寧な返信が届いた。

倉山なつめ殿

ご丁寧なお手紙を頂き、感謝申し上げます。まだ若い伊佐男君が発病された由、それも遠い哈爾浜にてのこと、さぞご心配とご拝察申し上げます。小生長男と言えども早くに分家してしまった身、何もお役に立てませんが、陰ながらご回復をお祈り申し上げます。なつめ殿もどうかお身体をお大切になさってください。お見舞い代りに、当地で手に入った砂糖を少々お送り申し上げます。

倉山龍太郎

そのあと、倉山十志子からも手紙が届いている。以下のように結ばれている

なつめ様

伊佐男さんは、きっとご回復なさると思います。そして、きっと長男良夫を次期社長にしてくださると信じます。

十志子

前原昭生は、少し遅れて手紙をくれた。その手紙には、疎開を兼ねて横浜市郊外に引っ越しをしたと書いてあった。

第十一章　最後の連絡船

1

哈爾浜で倒れた伊佐男は、診断書の出た康徳九（昭和十八）年十月より、およそ一年その地で治療に専念した。何よりも帰国するための移動に耐える力を付けなくてはならない。差し当たって支店のある大連まで運んでいきたい。医師看護婦を始めとして、周囲はそれを第一の目的として、リハビリテーションを続けていた。

なつめは、倒れた直後以来、哈爾浜を訪れてはいない。帰国する、と知らせがあればすぐに出発出来る用意はしていた。しかしその帰国が長引いていたのである。

哈爾浜に北満の冬がやってきた。

秋に脳の血管が破れ倒れて以来、伊佐男の記憶からは、マータイの映像が消えていた。何かを追いかけていた、という意識は頭の隅に残っていた。それは子供のころ川原で追いかけて取り損ねた赤とんぼのようでもあり、ラグビーの試合中に、シューズの紐が解けたときの冷や汗のようでもあり、母親を亡くしたときの悲しみのようでもあった。

忘れていないのは会社の名前、および社員の名前、家族そして多数の親族の名前であった。他所の家庭と違い、家族はいつも仕事と繋がっていた。それらの名前と顔は脳から消えることはなかったのである。意識を取り戻したとき、すぐに何が起きたか理解出来なかったが、この三ケ月のあいだに医師や看護師から説明を受け、自分が病人になったという自覚は持てるようになっていた。

「もう、お酒は飲めません。もし飲んだなら、次の発作で命の保証は出来ません」

医師のそのひと言は、病人の耳に強く響き、心が裂けた思いになった。

……もう酒も飲めない。

……完治して、ふたたび酒が飲める日がくるとも思えない。それでも生きていく……

病室の天井を眺めながら、おのれに言い聞かせる日々が続いていた。

季節が変わると、病室の窓ガラスにも変化が現れた。

その朝、病室の窓ガラスにレースのような氷の模様が出来ていた。病床の伊佐男は、それを美しいと感じる。遠い昔、レースの付いた服を好んで着た兄容輔のひとり娘福子を思い出してもいた。と同時に、その話をなつめにしたくなった。しかし、始終代わる看護婦との会話は、永年連れ添った夫と妻のようには運ばない。

伊佐男は、窓ガラスを指差して、

「キレイ……、」

と言う。あとの言葉が続かない、臨時の看護婦は見慣れた風景なので、「そうですね」と答えるだけだ。鎌倉に居る妻なつめなら、「本当に奇麗ですね」と相槌を打ってくれると思い、

「なつ……」

と声を洩らすと、

「冬ですよ」

と言って笑う。言葉の奥を読み取ってくれるひとがいない。

病床で不自由な身体を持て余しながら、伊佐男は思いを巡らす。

身体の弱い妻のなつめが、この哈爾浜に居続けて、自分の世話が出来ないことはよくわかっている。鎌倉には、三人の子供と老いた母親がいる。しかも戦争はまだ続いており、先が見えてこない。お嬢さん育ちで実家は士族の家柄だ。その実家の背景と、その美しさ可愛らしさに心惹かれ、妻に選んだのは自分自身だ。容輔兄の存在が大きかったとしても、最後は自分で決めた。

酒を飲んでいたときの、さまざまな風景が浮かんでは消え、また浮かんでくる。大脳からいやすべての脳から酒と関わった日々が消えていないのかもしれない。

……容輔兄とウイスキーを飲み、争った銀座のバーが目に浮かぶ。

ジョニー・ウォーカーはひと口飲んだ瞬間が良かった。ふた口目はさらに美味に感じられた。

容輔兄も同じ意見だった。争った記憶は遠くに霞み、仲良く飲んだ風景ばかりが浮かんだ。

奇麗なママさんだった。和服姿も、本人がドレスと言っていた洋装も評判がよかった。それでいて腰が低く、客の身になって話をしてくれた。男の気持として、あのママさんと容輔兄が親密な関係にあったとしても、可笑しくはない。

大根の葉の香りを思いだす。

あのサチという女、ママさんに比べると外見内容ともに劣るが、それが逆に魅力に思えた。

それ以外に、可愛いと思った理由は見当たらない。

……サチのような女だったら、この哈爾浜にずっと居続けて、ぼくの看病をしてくれるだろうか。

思い出とともに、寝たきりの男に妄想が広がる。

……「お早う」と言って、病室に入って来るサチの顔。

そして「おやすみなさい」と言って病室をあとにする姿……。

……部屋には、大根の葉の香りが残る。

悲しい妄想だが、少しだけ慰められた気がしている。

身勝手なことを考えても、ベッドに張り付いた背骨がきしむだけで、ひとの足音すら聞こえてこない。病室の壁は黄色味を帯びて、固まっているように見える。池端夫人の持ってきた花瓶の花もいつのまにか萎れている。

哈爾浜ですべてが順調に運んだという訳ではない。看護婦も戦地に行くものが多く、脳溢血性半身不随症患者の伊佐男に、専用看護婦を付けることは難しかった。しばらくのあいだは、池端の妻が家の仕事を置いても、病院に通ってきてくれた。しかし、子供がまだ小さいゆえ、風邪を引いたりすると休む。代わりの者を探す。やっと見つかっても内地で親が倒れたという知らせが入り、辞めていく。

池端からの、日本国鎌倉市長谷、倉山なつめ宛ての電報には、

Aフジンカンゴニキタ、ケイカヨシ

Nコサン、カンゴヲツヅケテイル、アリガタシ、

などがある。当時の満州には、仕事を持っている日本人が多く、交通の便もまだあったので、それらを頼って遣り繰りしていたと思われる。

さらに、病状の報告として、

ケイカマスマスヨク、カミハンシンオキアガラセルモ、イジョウナクシャチョウヒジョウ
ニヨロコブ

がある。

イサイデンワカケル、S子

という電報もある。
当時、哈爾浜から鎌倉への電話は、かなり高額ではなかったかと思われる。
食料問題が絡む、池端からの電報が二通ほどある。

ハイキュウテイシショウメイショ、スグオクラレタシ
ハイキュウテイシショウメイナケレバ、コチラデハクラセズ

この証明書は、伊佐男の日本と満州との二重配給を避けるため、必要だったと思われる。満州滞在が長くなれば、当然内地での配給は受けられなくなる。と同時に満州で配給を受ける証明が必要になる。

病状を知らせる電報もある。

ヨウタイコウチョウナルモ、カルキボウコウエンアリ、ベンツウヨクアルユエスウジツウチヨクナルミコミ

ボウコウエン、ニョウケンサノケッカカイユセリ　アンシンコウ

ケイカマスマスヨシ、イシキヒゴトニセンメイ

なつめがそれらの言葉を読み取って、必要書類を整え手紙に同封して送っていた様子が窺われる。

哈爾浜に行くことなく鎌倉で子育てを続けていても、なつめは電報用紙や便箋の向うに、伊佐男の身体の香りを、連れ添った妻だけにしかわからない体温を感じているのだった。泰男への絵葉書を含めてなつめはそれらの物をすべて大切に保存し、夜は枕の脇に置いて眠った。

一進一退を続けながらも、伊佐男は少しずつ回復したが、年内の帰国許可は下りなかった。哈爾浜でスンガリーが硬い氷に覆われたというニュースを聞きながら、病室で年を越す。

昭和十九年になる。

昭和十九年一月六日、長谷の家に哈爾浜からの手紙が届く。なかの手紙は相変わらず池端新吉が書いたものであったが、写真が二枚入っていた。開封したなつめは思わず、

「まあ、お父様のお写真」

と声を上げた。その声に泰男と満男が母親のそばに寄ってきた。行雄はまだトヨの手に抱かれている。

二枚とも哈爾浜市立病院の病室内で写したものであった。一枚は、伊佐男が病室のひとり用のソファに腰かけている写真。二枚目は、同じ病室のふたり用のソファに伊佐男と池端が腰かけ、そのうしろにかっぽう着姿の池端夫人と白服の看護婦が立っている写真である。

しばらくはじっとしたまま、その写真を見詰める。

「だいぶ、お瘦せになって」

確かにこの三ケ月、体重は七キロほど減っている。

写真の伊佐男は和服姿で、左手をソファの縁に載せている。しかし右手は袖のなかに入り、良く見えない。こちらがわが麻痺しているのか。少し微笑んでいるように思われるが、その目の輝きは以前と変わらない。もちろん、ラガーマンの風貌は消えていない。

「元気そうだよ」と泰男。

「そうね、嬉しいこと」

しかし、伊佐男そして三人を加えての写真は、誰ひとり微笑んではいなかった。当時の日本人には、シャッターを切る瞬間に歯を見せる習慣がなかったとは言うものの、丸眼鏡の池端を加えての写真の顔はまったくの無表情で、沈鬱な空気さえ感じられた。そのとき、溜息が喉まで溢れてきていたなつめの耳に、泰男の大声が聞こえた。まだ声変わりはしていない。

「今日は、ぼくの誕生日だよ。この写真はぼくの誕生日のプレゼントだ」

「ああ、そうだったわね。泰男、今日で十歳になったのね、おめでとう」

「おめでとうございます」「おめでとう」

「今晩は、ちらし寿司でも作りましょうか」

「そうですね」

行雄を抱いたトヨも立ち上がる。

「やったあ」「バンザイ」

賑やかな声が続いた。なつめは救われたような気持になり、泰男が生まれたころの日々を思い出しているのだった。

同じ写真が、小網町の倉山商店にも届いていた。

番頭の塩田、経理の元橋、営業の勝俣が、昼休みにその写真を交互に眺めている。三人とも国民服姿である。

「お元気そうだが」

「右手が、着物の袖に隠れている」

「そのようだな」

三人とも浮かない顔をして、写真を見詰め、池端の手紙を読む。社内には、年配の女子社員が二名いるだけで、若い男性は全員召集され、戦地に行っている。便箋に〝容態が回復に向かっている〟と書かれてあっても、手紙の文が社長直筆の字でないことは明らかである。脳溢血の後遺症がどの程度あるのか、写真からも手紙からもはっきりとは伝わってこない。昼食はそれぞれ家から持参した麦の入った握り飯である。女子社員が茶を運んでくる。茶を啜る音、沢庵を嚙《か》む音だけが社内に流れている。

そのうちに沈黙に耐えられなくなったのか、元橋がいつもの高い声を上げる。

「前社長、容輔氏のときに比べれば、軽症で良かったのではないですか。こうして、お元気な写真も拝見出来る」

「確かに、そう言える」

「あとは、何としても無事に、社長にお帰り頂くことが大事だ」

「その方向で、頑張るしかないな」

「それしかないと思います」

塩田、勝俣も同意する。

「大森の容輔氏のご家族も、お元気のようです。ご長男良夫さんは、中学生として動員されているようですが」

「よく頑張っている、と聞いております」

「戦況が良くなることを、祈るばかりです」

容輔遺族の暮しは、役員会の決定で、妻倉山十志子を相談役とし、生活費が送られる運びとなっている。細かい気配りは、いつも経理の元橋の仕事として動いている。さらに昨年十一月の、新しい役員会の決定を加えれば、社長伊佐男の身分はそのままに据え置かれている。

いつのまにか、三人は握り飯を食べ終えていた。

2

戦況は厳しくなるばかりであった。

二月、米軍マーシャル群島に上陸する。

六月、サイパン島日本軍全滅。北九州の日本製鉄八幡製作所が爆撃される。

七月、東条英機内閣総辞職。

この半年間、長男泰男は鎌倉市立御成小学校に通い、次男満男は四月にハリス幼稚園に入園し、母親に送り迎えをしてもらっていた。行雄は七月に満一歳の誕生日を迎える。ともかくなつめは、主人のいない家を守り、子供を育て、老いた実家の母親を預かる役目を果たしていた。

頻繁に届く池端の手紙のひとつには、

……現地では、〝社長の奥さんは一度来たきりで帰ってしまった。少し冷たいように思う。上流の女性とはそんなものか〟という意見もあるので、私はとても心を痛めております。そちらの御事情はよくわかっております。一日も早く帰国が叶うように、精いっぱい努力をいたします。

帰国が決まったら、すぐに連絡申し上げます。

という文面もある。

確かに、妻が夫に献身的な努力をし、その一生を捧げることが定めとされていた時代、なつめが哈爾浜に居続けないことは冷たく思えたかもしれない。しかしなつめは、夫は必ず戻って来る。それまでは、小網町の会社とも連絡を取ったうえで家と子供たちを守る、それが夫に託された妻の仕事、と考え、その身を守っていた。その心の奥には、あの日眼下に見えた鴨緑江の流れと渦、鉄橋を渡る列車の轟音、凍り始めたスンガリー、すべてを含めた異国の風景が残っていた。……それらは蠱惑的であり、死の世界に誘う匂いを持っていた。

〝二度と死にたい、と思わない〟

さらに、

〝死にたくなる場所には近付きたくない〟

という思いも湧いていた。

子供たちは元気に育ち、母親こうも、健康を維持していた。

縁故疎開と言っても、東京から鎌倉市に引っ越したなつめの子供たちは、まだ幸せであった。先ず学友も園児仲間も、標準語を話す。由比ケ浜の西、坂の下地方や稲村ケ崎を越えた腰越地方には漁業を営む者も多くいて、その辺りには神奈川言葉も残っていたが、全く通じないことはなかったのである。わからない言葉は、じいやとばあやが笑いながら教えてもくれたのである。他の縁故疎開の子供たちは、東北地方、北陸地方などに疎開し、先ず言葉の違いに苦労したものだ。関東地方にしても、栃木、埼玉、千葉、茨城の言葉は、それぞれ違っていた。

後に倉山家と縁のあるひとりの娘が、そのころ茨城県稲敷郡の原清田村《げんせいだ》の村立小学校に通っていた。住んでいる部落は〝十里《じゅうり》〟という名。川の水が海へと流れる千葉県銚子まで、およそ十里、ということで名付けられたらしい。それゆえ〝十里の娘〟と呼んでおく。

十里の娘は四年生になったばかりである。この春休みまで東京の私立に通っていたので、茨城言葉はまったくわからなかったが、幸い八人兄弟の末っ子でひと懐っこく、すぐに友達が出来た。それでも親しげに話しかけてくる子供の言葉は難解であった。

家は千葉県との境である利根川べりにあり、学校から帰るとすぐに土手に上がり、川を眺めた。広い川原があり、その先が水の流れる川となり、向う岸に着くとさらに川原がある大きな川だった。まだ犬かき程度の泳ぎしか出来ず、昼間はその流れを見ると怖く思えたが、夜になるとその風景は一変した。

夏の夜、南側である千葉方面の空を眺めると、南北に星屑の煌めく太い帯が見える。東京では見たこともない、壮大な夜空だ。

「あれは、何」

娘は、指を差して母親に聞く。

「天の川《あま》よ、天の、川《かわ》、と書く」

確かに川のように見える。

「牽牛星と、織女星が、年に一度この川を渡って会えるという伝説がある」

「ケンギュウ、と、ショクジョ」

「そう」

「年に一度しか、会えないの、可哀そう」

「それも七月七日の七夕が、お天気でないと、会えない」

「ふうん」

娘に、まもなく訪れる七夕の日は、お天気であって欲しいという気持が湧いた。

「人間にはね、それぞれホシがある。宿命ともいう。でも、それに負けてはいけない、神の試練と思わなくては……」

三十代半ばでカトリック信者になった母は、以後二十年、信仰を持ち続け、すでに五十代になっている。子供のころは当時和菓子製造販売業を営んでいた〝後家〟の母親に育てられた、と話している。


次の夜も川辺に出て母と空を眺めた。

その日中、娘には吃音が出た。村の子供と覚えたばかりの茨城言葉で話し、家に帰って東京の言葉に切り替えようと思った瞬間、喉の奥と舌が硬直した。母は驚いて背中をさすってくれた。

「友達が好きで、おまえはいい子だ」

と言いながら。

誉め言葉は嬉しく、次第に喉と舌は滑らかになった。

天の川は今夜も空をふたつに分けて、南の千葉県の空へと向っていた。

母は、しばらく黙って見上げていた。娘は、

「大きな星、小さな星、中くらいの星……、みんな光っている」

と話し出した。母は笑い出した。そのとき家の方角から、子供の泣き声が聞こえてきた。甥の勇吾《ゆうご》の声だ。勇吾は戦地に行っている兄の長男で、母親の町子《まちこ》とともに同居している。夜になると両親は茶の間に眠り、町子と勇吾は玄関と二階への階段を挟んだ小部屋に眠る。従って、夜二階に上がるときは静かに板を踏まなくてはならない。娘はふたりの姉と三人で、その天井の低い二階の部屋で眠る。

その夜も、二階にそっと上がった。姉たちの読んだ本がその部屋には積まれていた。東京の家から運んできた物ばかりだ。すぐ上の姉が読んでいた一冊の本が目に付いて、手に取ってページを開いた。

「スンガリーの朝」という少年長編小説であった。それまで「のらくろ」の漫画や、「小公子」「小公女」「母を訪ねて三千里」などは読んでいた。ページを繰るごとに、娘は哈爾浜に住む主人公一郎《いちろう》に興味を抱く。日本から遠い満州それも北部の哈爾浜に移り住むなんて、どんな気持なのだろう。東京麴町から茨城県の利根川べりに疎開しただけでも、わからないことが沢山あるのに……、想像することも出来ない。一番印象に残ったところは、第二章始めに描かれている「解氷」だった。

〝四月の初旬、ドドドーンという地響きとともに、川の氷が一度盛り上がるようになり、氷の

ひびから割れだして、身震いでもするように動きました。〟と書いてあった。それを見ている主人公一郎の気持に寄り添い、娘は最後まで読み切った。その瞬間、それまでの読書にはない感動を覚えた。

何故本を手にするか。末娘の場合は〝部屋に本があるから……〟と言えばそれまでだが、その本当の理由は少女にまだ摑めていなかった。

母は、麴町教会のかつての婦人会仲間に、よく手紙を書いていた。横から覗いてみると、この村は、無医村、無教会の村です。食料以外は何もない村です。と書いてあった。

娘は生後百日目に、麴町教会で洗礼を受け、十歳までキリスト教の教育を受けた。私立の学校もミッション・スクールと呼ばれていた。その結果、幼い子供は、〝見えないところに、神様がいらっしゃる〟と知った。母は何かにつけて知人友人に、

「年を取ってからの子供だし、先々何が起こるかもしれない。そのとき信仰は役に立つでしょう」

と話していた。

しかし、教育されていないもの、忘れられているものがあった。

それは、人間について、である。聖書ではない本には、さまざまな人間が描かれていた。娘は、本の活字を追うごとに、頭に浮かぶ人間の世界に魅了され、誘惑されてもいたのである。

全てが姉たちのお古と決まっていたうえ、自分用の本棚も持っていなかったのでその後の本の行方は知らないが、その「スンガリーの朝」というタイトルと快い読後感は、記憶に残っている。満州語名のスンガリーが、「天の川」の意という偶然も、もちろん知らなかった。

3

哈爾浜の夏も終わり、脳溢血で倒れた伊佐男は大連までの移動が可能、その後異常がなければ内地へという診断が下された。しかし、戦況はさらに厳しく、特に海上の安全が危ぶまれていた。そして連絡船も釜山から門司行きに、その運航もいつまで続くか、と言われていた。ともかく大連までの移動は列車のみで、それを実行しなくてはならなかった。長いあいだ心血を注いで社長を支えた池端は先に大連に行き、その自宅で副支店長田中与次郎とともに戻る社長を待つことになっていた。しかし、妻のなつめは、まだ日本の鎌倉で待機をしていた。

副支店長田中からなつめ宛ての手紙が残っている。

拝啓　ようやく秋らしくなりました。益々皆様お元気のこととお喜び申し上げます。

小生社長見送りのため去る三日午後九時十分ヒカリにて釜山出発、一路哈爾浜に向い五日午後八時到着いたしました。

社長も至って元気で、大連に引っ越しすることを非常に喜んでおられました。

翌六日午前中に市立病院及び戸羽公司、満州興農産業哈爾浜支店などに挨拶回りをいたし、その後荷造りなどを進めて、午後には全く出発準備完了して、午後四時の大連行き急行に乗車して出発いたしました。

このあいだ一等の特別室を取るには池端氏も非常なる努力を要したことですが、殊に満産の支店長盛田さんの御尽力により、哈爾浜駅長も非常なるご厚意を持って便宜を図らってくださり、貴賓室に小憩のあと乗車させてくださるなど、全く大臣待遇でありまして切に感謝申し上げる次第です。

さてホテルから自動車に、自動車から貴賓室に、貴賓室から汽車に乗るには池端氏が全部背負ってしたのですが、社長は乗車後も何ら変化なく至って元気で、外が暗くなるまで腰掛けて外の景色を珍しそうに眺め臥床せず、すっかり暗くなってから臥床したような次第です。

ご本人も喜びに満ちていたのでしょう。遂に大連まで眠られませんでした。

大連においても、池端氏が背負って自動車に乗り、池端氏宅に到着した次第です。

この分なら、船便を得れば一ケ月も大連に居て様子を見て、内地に引っ越しをすることも全く可能なりと確信する次第です。以上ご報告申し上げます。

敬具
昭和十九年九月八日
田中与次郎

倉山ご奥様

これによると、伊佐男はその翌日、大連支店長池端の社宅にて、満三十九歳の誕生日を迎えたことになる。

しかし、船便の運航状況は日に日に厳しくなり、情報とともに乗船券を得ることは難しくなっている。池端も田中もその方面に心を砕き、誕生祝などする暇はなかったと思われる。

鎌倉の家でこの手紙を読んだなつめは、何を置いても急いで大連まで行かなくてはならない、病人の夫と一緒に船に乗り日本に帰って来なくてはならない、と思った。伊佐男も周囲もそれを望んでいるはずだ。諸事情を考えている場合ではなかった。

すぐに大連の池端氏宅に、スグニタツ、と電報を打った。

出発まであとに残る家族のため食料を集め、自分でも口にして体力を付けた。じいやの一平もかなり奔走してくれたが、持ち帰る食料は、鶏卵数個と小魚に大根茄子などが精いっぱいであった。

なつめはその朝、麦飯に卵、大根と茄子の漬物、そして山羊の乳を飲んで出立した。

「お父様を、必ずお連れしますから、皆でしっかりお留守番をしてくださいね」

と言うと、子供たちは揃って「はい」と返事をしていた。母こうは、「くれぐれも気を付けて」と言いながら、心配げな表情を見せていた。なつめの姿は前回の哈爾浜行きと同じ、結い上げた髪の毛に、もんぺ上下に防空頭巾、そして革靴であった。肩にかけている大型のバッグのなかには、丸一日食べられる握り飯などの食料が入っていた。列車や連絡船が無事に運行されるかという心配とともに、そのあいだの食事についても、常に考えなくてはならない時代であった。

幸い、九州の門司駅には、柳川の時田支店長が迎えに来てくれるとのことだった。全ては池端の采配であった。時田源次とは無事に会えた。連絡船の運航は翌朝なのでその夜は、港近くの旅館に泊まった。船舶の流通があるからか、配給制度のさなか、朝食に麦飯に味噌汁、魚の干物、沢庵を口にすることが出来た。時田は大連支店への土産として、八女の緑茶を持参していた。

「大連の皆様に、くれぐれもよろしくお伝えください」

「有り難うございます。きっと池端さんにお渡しいたします」

「奥様もどうかお気を付けて」

そして連絡船は門司港を離れ、釜山へと向かった。無事釜山港に着き、列車に乗り国境を越えた駅で乗り換え、大連に向った。列車が鴨緑江の鉄橋を渡るとき、なつめは初め目を瞑り、窓の外を見ないようにしていたが、そのうちに目を開き大河を眺めた。川は相変わらず力強く流れていたが、死の誘惑を感じることはなく、むしろ元気を与えられたように思えた。この川を越えれば、夫伊佐男を子供たちの父親を日本に連れて帰れる。夫の大好きな鎌倉の家に落ち着くことが出来る。たとえ戦争が続いていて、恐ろしい空襲があったとしても、ともに助け合うことが出来る。なつめは、その大河から力を得て、乗換駅に到着した。乗った列車は前回のように北上はせず、南下して大連へと向かった。大連駅には池端が迎えに来ているはずだった。

その夜遅くなって、池端の家でなつめと伊佐男は約一年ぶりの対面をした。

伊佐男は床から離れ椅子に座れるようになっていたが、ひとりで歩くことはまだ難しかった。その朝から椅子に座った姿勢で、到着を待ち焦がれ、「まだか」「まだ着かないのか」と言い続け、周囲を困惑させていたのであった。哈爾浜から大連に移動出来ただけでも嬉しくて眠れなかったのに、なつめが大連に来るということは、その後一緒に連絡船に乗って日本に帰るということだ。医師からの許可はまだもらっていなかったが、伊佐男はなつめがこの大連に来れば、間違いなく日本に帰ることが出来る、と思っていた。そして目に涙を浮かべて妻なつめを迎えた。

「良く来た」

先ずそう言った。

「無事、到着いたしました。だんな様」

「ありがとう」

「お迎えに上がりました」

「そうか」

なつめはかなり疲れていたが、笑顔を見せ続けた。やがて池端夫妻は遠慮して座を外す。手を握り合い、しばらく話をする。健康状態を語り合う。子供たちの話、母こうの話する。

遮るように伊佐男は、

「倉山の、仏壇に、線香、あげているか……」

と聞く。

「はい、もちろんです」

なつめは返す。安心した表情を見せる伊佐男。前原の家を大切に思いながらも、倉山家に対する強い愛は消えていない。その後、鎌倉の街の食料事情も話す。

「じいやが、庭に畑を作っています」

「そうか、鎌倉に帰ったら、ぼくも手伝おう」

「ご無理ですよ、そのお身体で」

「大丈夫だ」

自信ありげな返答もする。

しかし、実際には座っている椅子からベッドに移動するのも簡単ではなかった。話す声や顔は、間違いなく夫倉山伊佐男であったが、なつめの心に微かな違和感が湧いていた。一年前のような明日をも知れない重篤という様子ではなかったが、自分より七歳年長の夫、新婚一日目からラガーマンの誇りを熱く語り、倉山家の過去を語り、未来の倉山商店を背負って働いてきた、力強い指導者の印象が、すっかり消えているのだった。子供に帰ったような……、と言えば良いか。鎌倉で待つ泰男への手紙の言葉を探しているうちに、なつめの目からは涙が溢れ、止まらなくなった。

それでも、ベッドの脇に布団を敷き、久しぶりに同じ部屋で眠るのは幸せと感じていた。伊佐男が眠るまで、なつめはその足をさすり続けていた。

翌日、医師の往診があった。日本人の老医師で軍医となる年齢を越えている男であった。池端も同席して医師の診察を受ける。血圧測定、心音、脈拍を調べ、さらに幾つかの問診を受けた。血圧の数値が一向に下がらないとのことだった。

「何か、ご心配ごとがおありでしょうか」

と訊ねる。伊佐男は黙って考える。頭のなかに幾つかの靄が存在することはわかっているが、砕いて語ることが出来ない。

「しごと……」

というひと言が返ってくる。

「何しろ、現役の社長ですから、ご苦労は色々とおありです」

池端が補足する。

「何ごとも気になさらないで、療養に専念することが大事です。こういう時代ですから無理もないと思いますが」

「しごと……」

伊佐男はやはりその言葉を繰り返す。

診察が終わったあと、医師は帰り支度をする。伊佐男は、

「いつ、日本に……」

と訊ねる。

「そうですねえ」

医師は傍らのなつめの顔を見ながら、

「本当のことを申し上げれば、血圧の上がる冬を越して春になってからの帰国が最善です。しかし……、連絡船がいつまで運航されるかを考えますと、……」

「いつごろまで、運航されるのでしょうか」

なつめは聞く。

「さあ、わかりません。色々と噂が飛んでおりますが、確かなことは……」

池端も首を傾げている。

「まだ先、という話もありますが、軍部が動けば……、それまでとなります」

話は堂々巡りするばかりで、結論は出なかった。なつめは少し苛々した。

「連絡船の運航のあるうちに、連れて帰りたいと思います。どうか許可をお出しください」

そう言って頭を下げた。涙はもうこぼれなかった。

「わかりました。許可証を出しましょう。ただし、十分に注意して、お帰りください」

老医師はそう言って、許可証に署名をした。帰って行くその姿は、不安げにも寂しげにも見えた。

その後の医師の消息はわかっていない。

池端は、その瞬間から連絡船の運航券獲得に知恵を絞った。それは社長の帰国許可が下りたあとの事務的な仕事であった。そして港まで社長を背負って船にお乗せする。付添は副支店長の田中に任せる。田中は下船時、そして列車乗車時の社長の世話と本社への連絡を担う。船を見送ったあと、〝ブジシュッコウス、イケ〟と鎌倉の泰男宛てに電報を打たなくてはならない。自分は妻子とともに大連に残り、支店の仕事を続ける。それが池端の仕事であった。

なつめの決断は正しかった。池端の努力もあって伊佐男、田中とともに乗った船は、あとになってそれが最後の釜山—門司間の連絡船だったと知る。そのあとは、軍部の強硬命令により運航停止となった。

第十二章　鎌倉長谷の家

1

長谷寺の紅葉が色付いてきたころ、伊佐男となつめは無事に鎌倉長谷の家に到着した。

泰男、満男、行雄はそれぞれの年齢にあった表情で父親を出迎えた。泰男はじいや一平に背負われた父親を不安げに眺め、満男は飛び上がって喜び、行雄は知らないひとにあったときと同じようなよそよそしい顔を見せていた。母親こうは、背負われた娘婿とともに娘なつめの疲れた様子を見て、今にも泣き出しそうであった。しかし、トヨと一平一家も揃っていて、帰路の道中のように人手に不足はなかった。

伊佐男は直ちに、奥の日本間に運ばれた。床の間には庭に咲いた菊の花が活けられてあった。その部屋には、なつめの案も含めて、トヨの力で、病人伊佐男がくつろぎやすいベッドと椅子そして書棚、ラジオなどが置かれてあった。書棚には「福沢諭吉全集」が並べられていた。

「ああ、家だ」

伊佐男はその部屋に入るや否やそう言った。それからベッドに身を横たえ、木目の天井を眺め、

「ああ、ここは日本だ。鎌倉だ」

と声を上げた。そのまま眠ってしまうかと誰もが思ったが、数分後に、「起こしてくれ」と言い、

「茶を一杯」と所望した。緑茶が運ばれてくると、左手でそれを飲み、

「庭を見たい」

と言った。トヨが障子を開ける、廊下の先にガラス戸があり、その先には紅葉の色付く、樹々が見えた。左手には畑の一部も確認出来た。しばらくのあいだ伊佐男は庭に目を遣り、緑茶をゆっくりと飲んだ。飲み終わってから、

「泰男」

と呼んだ。

「はい」

泰男は、父親のまえに進んだ。

「長いこと、留守番、えらかったな」

「はい」

「弟たちを大事にしろ」

「はい」

泰男は、他の言葉が見付からず、ただ「はい」を繰り返すだけだった。伊佐男は、トヨや一平一家のいるまえで、妻のなつめに声をかけようとはしなかった。長男泰男は、父親の帰宅直後に代表者にされ、言葉をかけられた役目は、薄々わかっていたが、母に比べれば〝自分は何もしていない〟という思いがあり、困惑していた。トヨがなつめにも茶を運んできて、

「奥様、長旅さぞお疲れでしょう」

と言うまで、なつめは座りもしなかった。母親こうは二階に行ったのか、姿が見えなくなっていた。二階の仏壇に向って手を合わせているのかもしれなかった。


こうして昭和十九年秋から、病人伊佐男の鎌倉での暮しが始まった。

その後、なつめはいつものように疲労熱をだして寝込んだが、間もなく回復して、台所にも立つようになっていた。ラジオから流れてくる戦況は、悪くなるばかりで安穏とはしていられなかった。


米機動部隊が、沖縄を攻撃し始める。

神風特別攻撃隊が編成される。

十一月、米空軍の日本本土爆撃が始まる。

じいや一平は早朝に海岸に網を張り、小魚に加えて、小烏賊、車海老などを取ってくることがあった。なつめはそれらを工夫して、刻んだ野菜とかき揚げにしたり、すり身にしたのち団子に丸めて煮込んだりして食卓に載せた。料理法の第一は、少ない材料でその量を増やすことにあった。そのころの主婦は、皆そうして知恵を絞っていた。うえの子供ふたりは、かき揚げを好んでいたが、病人の伊佐男、歯の生え切っていない行雄はすり身の団子を好んでいた。こうは食事に注文を付けなかった。

伊佐男のところに、鎌倉病院の医師が往診に来るようになっていた。血圧は、長旅の最中は薬を飲んでいても上がり気味であったが、家に落ち着いてからは安定するようになっていた。しかし、右半身不随の後遺症は思うように回復しなかった。会社に出勤することは叶わず、経理の元橋が帳簿を持参して出向いてくるようになっていた。元橋の顔を見た途端、伊佐男の顔は引き締まり、

「おう」

と声を上げた。

「塩田、勝俣は元気か」

社員の名前は忘れることなく、舌も滑らかに動いた。

「はい、どちらも元気でございます。今日は仕事で来られませんが、次は必ず同行いたします」

相変わらずの高い声であった。

「そうしてくれ、皆に会いたいな」

「社長、思っていたよりずっとお元気のご様子、さすが元ラガーマンですね」

世辞のうまさも変わらず、傍らに座るなつめは苦笑するばかりであった。

「哈爾浜、大連の話は、付添の田中から色々と伺いました。最後の連絡船という話、幸運でございました。感動もいたしました」

元橋は帳簿を開いて見せる。

「お目通しを頂きたく……」

伊佐男社長はそれらの数字を熱心に読む。そのあいだなつめは茶を淹れるため退室する。台所で茶を淹れながら涙を拭う。形式的なことをしているのかもしれないが、仕事に戻れた嬉しさと同時に、何時までこれが続くのかという不安と悲しみも湧いている。茶を運んで行ったときはすでに帳簿は閉じられていた。

「奥様、どうかお構いなく」

元橋はそう言って頭を下げた。

「何ぶん、戦時中のことでして」

さらにそう付け加えた。現時点での会社の仕事はほとんど動いていないようだった。

「ところで、泰男君はお元気でしょうか」

「はい、呼んでまいりましょう」

なつめはそう言って、泰男に声をかけた。部屋に入ってきた泰男を見て、元橋は、

「まあ、お背が高くなりましたねえ、お母様似でしょうか」

と声をかけた。泰男は照れた表情を見せながら、

「ご無沙汰しております」

と挨拶をした。確かに背は伸びて、小柄な元橋を追い越しているようだった。

「ご本宅の良夫君も中学生になり、ご立派にご成長されているようです。現在は工場に通っていらっしゃるとか……、ご両家の二代目が、やがて会社に来てくださる日が楽しみでございます」

「そうですねえ、まだ先のことで……」

なつめは言葉を濁す。

世辞とわかっていても、〝二代目〟という言葉を使った元橋の心のなかに、病人の伊佐男を見限った感情が潜んでいるのではないか、と勘ぐる思いになる。

伊佐男の任期は来年の十月までであり、その話はまだだれも口にしていなかった。しかし、先々のことを案ずるよりも、夫伊佐男が無事に帰ってきたことを感謝しなくてはならない。

「また伺います」

と言って帰って行く元橋を泰男とともに見送った。

夜になると、明るかった鎌倉の街は闇に沈む。特に、灯火管制が行われるようになってからはその暗さが堪えがたく感じられる。なつめはどの部屋の電灯の傘にも黒い布を巻き、灯りが洩れないようにしている。

伊佐男は、留守のあいだに変わってしまった、それらの風景を眺め、〝光が欲しい、早く朝にならないか〟と切に願う。闇の向うに、何か不吉な影が潜んでいるように思えてならない。大連の山縣通り、その広場。要人が殺された哈爾浜駅舎が浮かんでくるが、それとは違う黒い影がちらついている。スンガリーか、いや違う。スンガリーには深い青色と白い氷が広がっていたが……、他の色は見えなかった。とにかく電灯の傘に巻かれた黒い布が呪わしく思えてならなかった。

隣に寝ているなつめは、夜中に、時折うなされて声を上げる伊佐男に気付いていた。

「どうなさいましたか、なつめは此処におりますよ」

と言うと、「そうか」と小声を発し、安心したように再び眠りに就く。別の夜には、

「ここは、どこだ！」と叫ぶ。

「鎌倉ですよ」

と声をかける。帰ってくる声は、やはり「そうか」である。

朝になると、海の方角に向って深呼吸をする。日の光が動かない伊佐男の左半身にも、なつめの細い首にも注がれる。その年も師走になり、寒さが訪れる。病人は血圧の上昇と、風邪を引くことに注意をしなければならなかった。

暮れの挨拶に番頭の塩田がやって来る。挨拶のあとは仕事の話になる。

「哈爾浜では、麻袋《マタイ》が大量に売れたそうで」

「そうだったかな」

と首を傾げる。塩田は妙な顔をする。

小網町の本社社員は、長年平坦な発音で麻袋を〝マタイ〟と口にしている。伊佐男がその地で何度も耳にした〝マータイ〟には抑揚があり、鼓膜に響く音調もかなり違っていた。伊佐男の脳の記憶は、平坦な発音では掘り起こされなかったのである。

「帰りの船のなかで、面倒なことはお忘れになりましたか」

塩田も合わせて笑う。

「そうかもしれんな」

「おいおい回復なさると存じます」

「わかっている。それより空襲に、気を付けろ。消火の備えは……」

「もちろんです。重要書類はいつでも持ち出せるようにしてあります」

「くれぐれも頼む」

「承知いたしました」

会社を案じる気持は、伊佐男にまだ強く残っていた。

「こんな時世ですが、良いお年をお迎えください」

塩田は、一時間ほど話し、深く礼をして帰って行く。

灯火管制の闇の続くなか、年が替わり昭和二十年になる。

2

三月九日夜十時半、東京都には警戒警報が発令された。人びとが防空頭巾を手元に引き寄せながらもそろそろ寝ようかと思っていたころである。三月十日零時十五分、空襲警報が発令された。犬の遠吠えのようなサイレンの音が鳴りわたり、ほぼ同時に米軍のB29機の爆音が聞こえてきた。「空襲だ、逃げろ」という声があちこちから聞こえていた。

小網町の本社には、塩田、元橋、勝俣が交代で宿直を兼ねて泊まり、何かのときに備えていた。しかしその夜本社にはだれもいなかった。宿直の予定だった元橋は、妻の具合が悪くなったという知らせに、急きょ千葉県船橋の疎開先に戻っていたのである。幸い大切な帳簿は背中に背負っていたが、その他の物は、すべて会社に残っていた。

社長室の奥には、代々社長の写真の額が並んでいた。その左端に、橋場の家でふた家族揃って写した写真、さらに優勝カップを抱え、優勝馬のハセロードと並んでいる伊佐男の写真もあった。すぐにそれらの額が強くなった爆音の響きに震え始めた。「空襲だ、逃げろ」という声が近隣から流れる。写真の顔も馬も動かず、声を出すこともなく、無音だった。

それから約二時間半にわたって、爆弾、焼夷弾によって空襲が行われた。来襲機はB29百五十機と数えられ、分散して低空から波状絨毯爆撃を行ったため、多くの火災が発生して、折からの烈風により合流火災となり、東京都の約四割を焼き甚大な被害を生じた。焼失区域は、向島区、下谷区、浅草区、本所区、日本橋区、京橋区など下町が多かった。

株式会社倉山商店本社は全焼し、思い出の地、橋場一帯も焼け、一切は無になった。隅田川の近辺の火力は強く、風にも煽られて右岸から左岸へ、左岸から右岸へと飛び移り、なおも燃え続けたという。死者はおよそ十万人と言われる。

三月十日の正午に、ラジオは大本営発表を伝えた。しかし事実に程遠い内容で、このころ国民のあいだでも、「嘘の内容だ」と噂されていた。鎌倉の家のラジオで、耳を澄ませて聞いていた伊佐男、なつめ、長男の泰男その他も、この発表では事情が良く把握出来なかった。翌十一日になって船橋の家から駆け付け、その場を見た元橋が遅くなって電話で事態を知らせてくるまで、不安な思いで過ごしていたのだった。受話器を取ったなつめは、その向こうに元橋の嗚咽する声を聞いた。

「会社は、全焼……いたしました。あの一帯は焼け野原で……」

その声に、なつめは答えることが出来なかった。

夫が一族とともに愛する会社が……、何ということだろう……。

すぐにも泣きたかったが、病人の夫に告げないわけにもいかず、奥の部屋に走った。トヨと泰男を呼び、三人で伊佐男を電話のある場所まで運び、受話器を渡す。

「どうした」

「社長……申し訳ありません。あいにく宿直が出来ませんで……」

「焼けた、のか」

「あの一帯はことごとく」

「ほんとうか、間違いないか」

「はい、我が社の金庫が、茶色く焼けた姿で、ポツンと残っておりました」

「そうか……」

「隅田川の縁には、焼けた死体が、何体も並んでおりました。橋場の方も恐らく……」

「焼け、たか」

「未曾有の災害です」

「無事が、何よりだ」

「有り難うございます」

「今夜は、ゆっくり、休みなさい」

「はい」

電話はそこで切れる。

元の部屋に戻った伊佐男は椅子に腰をかけ、しばし無感覚になる。トヨが水を運んでくるが、飲む気にもならない。……空から火の玉を落とした敵の飛行機を憎む気持にもならない。しかし、我が社が焼け、焼けた金庫だけが残る風景を、簡単に受け容れることは出来ない。

十代で経験した関東大震災の風景が浮かんでくる。本所の家の下敷きになり子供とともに亡くなった姉のことは、天災と思って諦めてきた。

やっと水をゆっくり飲む。左半身の感覚が少しずつ戻ってくる。庭の向うの空も視界に入ってくる。嫁入りのときの姉の顔、子供を抱いている姿も浮かんでくる。微かに首を横に振りながら、何か呟いている。〝違います〟と言っているように思える。

……何が、違う、のですか……。

問いかけても、返事は戻ってこない。

血圧の上昇を案じ、様子を見守っていたなつめと泰男は、しばらくして脳の奥から絞りだしたような伊佐男の言葉を聞く。

「これは……人災だ、……天災とは、違う」

泰男は長じても、その言葉をよく覚えている。

周囲が心配した通り、病人伊佐男の血圧は上昇していた。往診してくれた医師は、「心身ともに、静養が第一です」と言って帰って行く。なつめは夫をベッドに寝かせて、トヨとともに出来るかぎりの世話をするが、寝たままで居ることは、リハビリテーションを兼ねた運動が出来なくなり、機能が衰える、という心配がある。数え年で四十歳になると言っても、今はまだ満三十九歳の若さである。寝たきりになる年齢ではないとだれもが思う。半月ほど静養して起き上がるが、少しまえまでだれかが支えれば歩くことが出来た足が動かなくなっている。諦めるわけにはいかない。子供たちにとっても大切な父親だ。行雄はまだ小さいのだ。なつめはそう思い自分を励ます。

しかし、沖縄に米軍上陸など悪いニュースが続く。

五月二十五日、東京山の手大空襲が起り、都区内の大半を焼失する。

3

茨城の利根川べりに疎開して約一年が経っていた。

十里の娘は、同じ五月二十五日の夜、家のまえの土手下に出て、両親、姉たちといっしょに西南の空を眺めていた。利根川の川上の少し左手の空は、日が落ちているにもかかわらず、真っ赤に彩られていた。それは三月にも見た赤い空であったから、どうして赤いのかよくわかっていた。

東京が焼けている……。

生まれた家は東京麴町にあった。当時〝宮城《きゅうじょう》〟と呼んでいた皇居の一部とともに十里の娘の家と店は、夜明けまでに全焼した。しかしまだその段階では確認が出来ていなかった。一家は無言で家に入り、眠れない夜を過ごした。

十里の娘は、前日五月二十四日の午後、利根川の岸に近い杭に引っかかった水死体を見た。村の人びとはその水死体を〝土左衛門〟と呼んでいた。少し茨城訛りで、〝どざいもん〟と言っていたようにも聞こえた。もちろん水死体を見たのは初めてであった。うつ伏せになって川上から流れてきたそのどざいもんは、くすんだ灰色の塊のようになっていた。筒袖の野良着なのか、袖の布が朽ちて両側に広がり、今にも切れそうに見えた。足には何か履いているように見えた。

「男だ」「野郎だ」

「事故のようだな。身投げと違う」

「うんだな」

村のひとたちは、水死人に慣れているのか、すぐに判別してそう言い交していた。娘はその恐ろしい場所に長居出来ず、連れの級友に、

「帰る」と言った。

「怖いのかい」

首を振ったが、その生々しい光景に口も利けなかったことは事実だった。

この利根川べりの家に疎開して以来、だれもが口々に、

「川に気を付けろ、落ちたら死ぬ」

と言っているのを耳にしていた。川幅は広く流れも強く、若者でもよほど泳ぎに達者でなければ、向う岸まで泳ぎ切れないという話だった。

「海に比べて、浮力がない」

母はそう言っていた。

「どうして」

と娘は訊ねる。

「海の水って、しょっぱいでしょう」

「うん、しょっぱい」

娘は夏の海水浴で、鎌倉の海で泳いでいる。

「塩が浮く力になっているそうよ」

「ふうん」

「だから、川には気を付けて」

「はい」

川では死にたくない、と娘は思う。しかし、この春からの東京が焼ける南西の夜空を見るたびに、火に焼かれて死ぬことも恐れる。さらに怖い話が起きている。

それは、大人たちが〝敵軍の本土上陸〟という言葉を口にすることになったからだ。

「そのまえに、おまえたち、頭を坊主にしなくてはね」

と母親は言う。

「どうして」

と娘は聞く。

「男の子に見せるためよ」

「いやだわ、坊主頭なんて」

「でも女は、犯されるのよ」

姉たちが口々に言う。娘は大人の姉たちに混じって暮しているゆえ、犯される、という意味が薄々わかっている。しかし、母は優しくその意味を他の話に変える。

「銃剣を持った米兵が、女の子を刺しに来るのよ」

大人の姉たちが、すぐさま反応する。

「わたしだったら、そのまえに自決するわ」

「そう、わたしも」

目や耳に、〝死〟の影が焼き付いて離れない。

五月二十九日夜、横浜市に敵機来襲。いわゆる横浜大空襲が起きる。

鎌倉長谷の家からも、その真っ赤に燃える空は良く見えた。

泰男は、弟の満男とともに二階の屋根に昇る。満男は母親なつめに、

「危ないわ」

と言われすぐに降りたが、泰男はひとり残って、その空をいつまでも眺める。

階下では、伊佐男となつめが言葉を交わしている。

「横浜の昭生さんが、ご無事だと良いのですが」

「そうだな」

翌日、昭生から連絡が入る。

郊外なので、危うく難を逃れた、と。

第十三章　敗戦　その八月

1

その夏、七月下旬の梅雨明けとともに鎌倉市は晴れの日が続いた。とくに朝の海は青く澄み、戦中の人びとの憂いを消すかのように、穏やかな波を寄せていた。

じいや一平は、早朝に浜に出て行くのだった。地元の漁師に捕獲した魚を分けてもらうためである。そしてその魚をなつめの台所に運んだ。その日は笊いっぱいの車海老が届けられた。

「だんな様に、食べてもらいたい」

「いつも有り難う。嬉しいわ。また団子にして頂きましょう」

「新鮮だからね、味は間違いない。……今朝は飛行機も飛んでいなかった」

一平はそう言って、空を見ながら帰って行った。

伊佐男の血圧は、この夏、少しだけ下がっていた。汗を掻くことによって、体内の塩分が排出されるためである。食欲もなつめの手料理が美味しいせいか、運ばれた料理はほとんど残さなかった。しかし、日々暑さと戦うために体力を消耗し、リハビリテーションの運動は怠りがちであった。なつめはそれを案じたが、女手ではどうにもならなかった。子供たちはそれぞれの年齢での問題を抱えており、母親として心を配りたいところであったが、育ち盛りゆえ食べさせることが第一であった。

行雄の足は、父親似で太く、良く歩き良く走るようになっていた。顔立ちとくに目元が伊佐男に似ていて、笑顔になるとまさに伊佐男が笑っているようで、なつめはその笑顔を希望の光のように感じていた。

暑さが激しくなるとともに、魚や野菜の管理が難しくなる。とくに生ものの保存に気を付けなくてはならない。しかし軍の電力統制により、橋場から運んだ電気冷蔵庫は使えなくなり、台所では木製の氷式冷蔵庫が使われていた。上下に扉があり、上の段に氷をいれ、下の段に食料をいれて使う、いわゆる大正昭和初期の冷蔵庫である。氷は自転車に乗った氷屋が、うしろに付けたリヤカーで運んでくる。その配達が滞る日もあり、そうなるとお手上げであった。

その朝も、一平が浜から、海老と烏賊を運んできた。それらは貴重なたんぱく源であった。受け取ったなつめは冷蔵庫を開けてその下の段に納めた。上の段を見ると、昨日いれた氷が溶けかかっていた。今日の配達を待つしかない、と思いながら、扉を閉めた。しかし配達は来なかった。仕方なしに、裏の井戸水を汲んで瓶に入れて、氷の代りにした。そしてまた夕食には海老を擂鉢で擂って、団子にした。烏賊は付け焼きにした。茶の間の食卓のまえに参加出来るようになった伊佐男も子供たちも、喜んでそれらを口に入れた。灯火管制の電灯の下ながら、楽しい夕食のひとときであった。

その翌日、月は八月に変わった。暑い日だったが日中は無事に過ぎた。食事は芋や南瓜を主にして取った。

その夜から行雄の様子が変わった。激しい下痢を起こし、嘔吐もするようになったのである。すでにお締めは取れていたので、なつめは「痛い、痛い」と泣く行雄を抱いて何度も手洗い所に行った。手元にあった腹痛薬を飲ませたが効き目はなかった。幸い、病人伊佐男、なつめ、泰男、満男に同じ症状はなかった。伊佐男はじめ他の者も目を覚まし、様子を見守ったが、治まる様子はなかった。

翌朝、鎌倉病院に連れて行き、診察を受けた。医師はすぐに行雄の便を採取し検査に回した。

「最近、何か気になる食べ物でも」

「一昨日の夜、浜で取れた海老を……、でも生ではなく調理して」

「お話の様子から、菌による伝染病が疑われます。潜伏期間も一日ないし二日ですし」

と医者は言った。検査の結果が判明するまで、行雄は入院となった。結果は疫痢菌陽性と知らされた。

「まさか……」

なつめは大きな衝撃を受けていた。

同じものを食べた他の者は何ともなかったのに……、信じられない気持だった。

すぐに点滴という器械を取り付けられた幼い行雄の姿は痛々しかった。

「先生、治るのですね」

「もちろん最善を尽くします」

「何とぞよろしくお願い申し上げます」

なつめは手を合わせ、頭を垂れた。家には電話で報告をし、以来泊まり込みで看護をした。

伊佐男は電話を受けたトヨから話を聞いて、たいそう心配をした。疫痢菌にすぐにも効く薬がまだ開発されていないことは知っていた。泰男を呼んで、「詳しい話を、お母さんから聞いてきてくれ」と頼んだ。外地への出張が多く毎日のように会えなかった子供だが、そのぶん愛おしく感じていた。まして面差しや体型が自分によく似ている。〝ラガーマンになれるのはこの子しかいない〟という思いもあった。泰男は、手洗いやうがいを丁寧に繰り返しながら、鎌倉病院に通った。しかし、行雄の脱水症状は激しく、点滴の管は外すことが出来ず、苦しそうな表情を見せていた。家に帰り、泰男はそれらを逐一報告した。

三日後の八月五日午後、医師の努力もむなしく、行雄は息を引き取った。享年二歳。短すぎる生涯であった。なつめは病室でその身体を抱きしめて「行雄ちゃん、ゆきおちゃん……、」

と声をかけて泣き続けた。いつものように病院を訪れた長男泰男は、初めて経験する肉親の死と、母親の慟哭に驚き、立ち尽くすばかりであった。

小さな遺体は、消毒をしたあとすぐに家に運ばれた。杖を突きながら出迎えた父伊佐男の顔には憔悴の色が浮かんでいた。三男坊の無言の帰宅であった。母こうも二階から降りてきて、先ず娘なつめを抱きしめた。こうは涙を零しながらも、気丈に娘の背中をさすっていた。

遺体は客間に運ばれた。この部屋で今夜は仮通夜を行うことになる。じいや一平一家も加わり、手分けをして小机に白い布、花と線香、そして水の入った小さなグラスなどが集められた。長谷観音に近い日蓮宗の寺、光則寺からは住職が来てくれるとのことだった。しかし戦時中のことで、棺は二、三日待たなければ手に入らなかった。行雄の遺体は、生きていたときと同じように布団に寝かされて、静かに眠っているのだった。

伊佐男となつめはその両側に座り、ほとんど無言であった。なつめはときどきその手を握り、何かを伝えようとしていたが、あまりの冷たさに新たな悲しみを覚え、何時か離してしまうのだった。そしてその顔があまりにも父親伊佐男に似ているので、恐怖のような思いを感じているのだった。

伊佐男はたまらなく酒が飲みたくなっていた。こんなときに酒を飲まなくてどうする、という声を飲み込む。もう飲んではならない身体になっている。左手で盃を持つことは出来るが、右手で徳利を持つことは出来ないのだ。どうしたら良いのか。……一案が浮かぶ。

そうだ、酒を飲んでいることにしよう。……それから伊佐男は、想像のなかで、……冷酒を三杯立て続けに飲む。かつてのように大き目の盃だ。冷たさと程良い辛さが、乾いた喉に染みこむ。喉から胃袋そして脳や手足の血管へと流れ込んでいく感覚が生じる。……また二杯続けて飲む。気のせいか、楽になったように思える。

いつか伊佐男は天を仰いでいた。庭の先には海があり天から差す光に輝いている。

その天に向って問う。

どうしてわたしにこんな罰を与えるのですか。わたしは何か罪を犯しましたか。

天からは光が戻ってくるだけだ。

仕事、酒。それはいつも一体であった。仕事が終わって飲み、ぐっすり眠って朝の光とともに目覚め、熱心に働く。その繰り返しであった。子供が三人産まれた。父親の責任感が生じた。しかし子供のために、酒を止めようと思ったことは一度もなかった。まだ三十代であったし、もう少し先になって……、と思っていた。

それがわたしの罪なのでしょうか。加えて三十代相当の、生臭さも……、ありました。罰が当たったのでしょうか。

三男坊の突然の死を受け入れることが出来ない伊佐男は、そんな問いかけを繰り返し、堂々巡りをしていた。

夜になって寺の住職が到着し、遺体のまえで経を唱える声が響いたとき、伊佐男の心は少し落ち着いた。敬虔な横顔、袈裟をまとった身体から醸し出す神的な雰囲気は、幼いときから馴染んでいた深川浄心寺の空気とは少し違うように思えた。いや、同じだったかもしれないが、年齢や状況が変わり、そう思えたのかもしれない。泰男と満男は両親といっしょに手を合わせ祈っていた。住職が帰ってからも、家のなかには線香の香りが流れていた。

2

翌日は八月六日であった。

本通夜と言っても、何時警戒警報が聞こえてくるか、聞こえるとすぐに空襲警報となるかわからない時節で、遠方からの弔問客は皆無であった。会社には初めから「来る必要はない」と言って断り、出席のあったのは親族では葉山から龍太郎が、大森から容輔の未亡人十志子が、そして前原家からは鎌倉市材木座に疎開中であった、なつめのすぐ上の兄である五兄千吉夫妻のみであった。その他は、隣組の顔見知りが数人手伝いも兼ねて来てくれていた。

棺がやっと運ばれて来たのは夕方になってからであった。同時に光則寺の住職が昨日とは変わって、国民服姿で到着した。袈裟と衣は風呂敷に包み、背負っている。

「和尚様、お着替えはこちらで」

なつめが声をかけると、住職は案内の方角へ行こうともせず、凍り付いた表情を見せて言った。

「今朝がた、広島に新型爆弾が落とされたそうです」

「まあ」

なつめは立ち止まる。

「これまでの爆弾の何十倍も威力のある、恐ろしい爆弾だそうです。おそらく死者も多く出ていると思われます」

「それは、本当でしょうか」

一家は今朝から、悲しみに耐えながら通夜の準備をし、ラジオのスイッチをひねることもなく、当局の情報に詳しい人間に会うこともなかったのである。

「大きな光とともにさく裂し、その後、黒い雲を高く上げる爆弾だそうです。遠方で何も出来ないのが辛いです。ご一緒に祈りましょう」

住職が着替えるあいだ、なつめはそのニュースを伊佐男に伝えた。伊佐男は、すでに龍太郎兄からその話を聞いて知っていた。

「無常な話だ」

伊佐男はそう呟く。広島市にも子供は多くいるはずだ。幼い息子の通夜の日に、このような話を聞くとは……。

「無常……」

そのあとは言葉が浮かばなかった。

通夜そして葬儀の日は、広島に新型爆弾が落とされた、という話に終始した。しかし、それ以上に行雄との別れは辛く、遺体が名越地区の火葬場に運ばれ、火の釜へと移される瞬間、なつめは精いっぱいの声をだし、「行雄ちゃん、さようなら」と告げた。じいや一平の腕に支えられながら伊佐男は無言で手を合わせていた。参加者一同が、新型爆弾が、原子を使用した〝原子爆弾〟と知ったのはその夜のことである。

行雄の遺骨は、しばらく長谷の光則寺に預けることにした。何故なら、鎌倉市から府中の多摩墓地まで、かなりの距離があったからである。

「遠すぎるな」

その夜伊佐男は、兄容輔の死とともに、伊佐男名義で購入してあった多摩墓地の一画を頭に浮かべながら、そう言った。なつめは黙って頷く。

「何とか、考えよう」

伊佐男はひとり呟いた。

翌八月八日、ソヴィエト連合が対日宣戦布告する。当然のことながら、ソ連軍は国境を越えて満州に侵入してくる。大連の池端一家はどうしているだろう。無事を祈るばかりだ。

八月九日十一時二分、長崎市に原子爆弾が落とされる。市は壊滅状態で、死傷者も多数、と報道される。広島市と同じように、大きな光とともにさく裂し、その後黒い雲を高く上げる爆弾である。その雲の形は上部で円を描き、まるで〝きのこ〟のようだったと伝えられる。いつか人びとは〝きのこ雲〟と口にするようになる。

またも原子爆弾か、という衝撃とともに、誰もが頭に浮かべることを、伊佐男もなつめも考える。

このような爆弾が……、ああ、その先は想像したくないし、口にもしたくない……、でも、思わないわけにはいかない。

このような爆弾が……、東京都心に落とされたら……、どうなるのか。都心には、天皇陛下のお住まい、宮城が存在する。これでも若き日に、桜田門の警備をした男、愛馬ハセロードの優勝で天皇杯を手にした男だ。想像しただけでも身体が震え、気が遠くなる話に思える。

国民のなかには、終末観を覚えて、一日も早く戦争を終わらせなくては、と考える者もいるが、たとえ本土決戦になっても最後まで戦う、と意気込む者もいる。伊佐男はやはり早く戦争を終わらせたい、そして死者がひとりでも少なくなることを願う。……そう願いながらも、ここ最近の心身の衰えを強く感じ、先が見えない不安に襲われている。

八月十一日、行雄初七日の夜、伊佐男は少し風邪気味の症状を覚える。住職に挨拶はしたものの、すぐに部屋に戻ってしまった。

八月十五日の正午、ラジオにて天皇陛下のお言葉を聞く。

当時は、天皇陛下の肉声を〝玉音《ぎょくおん》〟と呼んでいたので、〝玉音放送〟と名付けられた。国民は前日の十四日から、「十五日正午より重大放送あり、皆謹んで聞くように」と知らされていた。風邪の症状も回復していた伊佐男は、陛下は、〝戦争を終わりにする〟とおっしゃるのだろう、と考えていた。

正午までに、行雄の遺影を手にしたなつめ、泰男、満男とともに、トヨに加え一平一家も茶の間に集まってきていた。

放送が始まった。最初は日本放送協会のアナウンサーが話し、さらに別のひとが解説し、国歌君が代の演奏が始まった。演奏が終わるとともに、天皇による勅語の朗読が行われた。

「朕は帝国政府をして、米英支蘇四国に対し、其の共同宣言を受諾する旨、通告せしめたり」

風邪で少し耳を遣られたのか、その玉音は聞き取りにくかった。独特の節回しがあり、難解な単語も含まれていたが、誰もが全身を耳にする思いで、聞いていた。

「耐え難きを耐え、忍び難きを忍び」

という言葉は良く聞こえたが、行雄の遺影を胸に抱き、今日もまた涙を拭っているなつめを眺め、さらにおのれの動かなくなった右半身を見て、〝これ以上、何を耐え忍べ、というのか〟という思いも湧いていた。

四分ほどでその玉音放送は終わった。聞き取りにくかったとはいえ、頭のなかで要旨をまとめなければならなかった。

これまで無視してきた、ポツダム宣言を受け入れる。つまり、戦争を続ける手立てが一切なくなった、ということ。

無条件降伏だ。

「敗けた、日本は負けたのだ」

伊佐男はそう叫んだ。周囲から「ああ」と嘆く声、畳に手を突いて泣き出す声が聞こえていた。


鈴木貫太郎内閣は総辞職となる。

八月十七日、東久邇稔彦内閣成立する。全軍に戦闘停止命令発せられる。

八月三十日、米国マッカーサー連合軍総司令官が、厚木飛行場に到着する。

飛行機から降りてくるその姿は、新聞に大きくでる。明るい色の軍服にサングラス、そして口にはパイプをくわえている。どう見ても緊張感のない様子である。

「何とまあ、行儀の悪い」

なつめは、思わずそう口にする。

さらに九月二日、東京湾のミズーリ号上で降伏調印が行われる。

九月二日、天皇陛下がマッカーサー元帥を訪問する。その折の、ふたり並んだ写真が新聞に掲載される。天皇は式服姿で直立不動、マッカーサーはいつもの軍服のうえ片足を崩している。

それを見て、なつめはもう何も言わなくなっていた。

第十四章　冬の別れ

1

大連からは何の連絡もなかった。ラジオは聞き取りにくいところもあり、伊佐男はおもに新聞を読んで、戦後の情報を集めた。しかし国内はともかくとして、外地の情報はなかなか得られなかった。

秋の彼岸近くなって、前原昭生が花を抱えて訪れた。そして行雄の遺影のまえに供えた。

「有り難うございます」

なつめは深々と頭を下げた。

「何ぶんにも時期が悪くて……、今日は伊佐男君の見舞いも兼ねて、伺いました」

「元気そうだな」

伊佐男は笑顔を浮かべている。

「お陰様で……、どうですか、具合は」

「ご覧の、通りだ」

座っている椅子の縁を、苛立たしげに叩く。

「ひとりでは、歩くことが出来ません。でも、仕事のことはよくわかるようで……、会社のひとが運んでくる帳簿は熱心に見ています」

なつめが庇うように代弁する。

「そうですか、それは良かった」

茶を飲んで、昔話や仕事の話を始める。なつめはそっと座を外す。昭生は海外の話もわかる唯一の友人でもある。

「……我が社の大連支店は、まこと良い場所にあった」

「ぼくも何度か行った。四季折々の景色が、今でも目に残っている」

「仕事も、順調だった」

「何度か、葉書をもらったな」

「ああ」

伊佐男は頷く。

「きみはスポーツマンにしては、筆まめだ」

「それほどでも、ない」

「そう言えば……」

前原昭生は、何かを思い出したかのように、遠くを見詰める。

「……当地では、マータイが良く売れる。それも大量に売れる。と書いてあったな。確かあれは、哈爾浜から届いた葉書だ」

伊佐男の頬が微かに動いた。一度ならず二度三度動いた。外見と同様に、脳のなかの記憶中枢も動いた。

その〝マータイ〟という発音は、現地で耳にした特有のものだった。外国経験豊富な商社マン昭生でなければ、日本の鎌倉まで運んでくることのない音節であった。

伊佐男の脳内に潜み、眠ってしまったかのように思えた記憶が、起き上がっていた。

「ああ」

と先ず声を出し、それから、

「天の川、スンガリー」

と言い、さらに、

「我が社のマータイ」

と呻くように言った。頬には涙が止めどなく流れ始める。

「どうした、伊佐男君」

「スンガリー、マータイ」と声は続く。

平常とは思えない様子なので、昭生は、慌てて伊佐男の肩をゆすり、落ち着かせようとした。しかし伊佐男の声は止まらない。昭生は急いでなつめを呼びに行った。

…………

伊佐男はおよそ二年ぶりに、記憶を取り戻したのだった。

スンガリーを横目に眺めながら、入って行ったあの哈爾浜開拓補助連合会の事務所、白い壁が目に浮かぶ。

……中島と名乗った男は、いかにも民間人のように、詰襟の国民服を着ていた。

……そして、丁寧な言葉づかいで商談を始めた。

……一時間後、商談が成立した。

それですべてが終わったはずだった。

……なぜ逃げた。うしろめたいことがないのなら、逃げる必要はないはずだ。

……我が社のマータイを返せ。金は倍にしても返す。

……出て来い、中島と名乗った男。

昭生がなつめを連れて戻ったとき、伊佐男の声は止まっていたものの、椅子に座った姿勢のまま激しい震えを起こしていた。

ふたりで抱えてその身体をベッドに寝かせる。震えは止まらない。

「医者に連絡したほうがいい」

そういう昭生に、なつめは電話口に走る。鎌倉病院の番号を交換手に告げる。

鎌倉病院の医師は、あいにく手術中で手が塞がっているという。

「震えでしょうか、痙攣でしょうか」

電話の相手はそう訊ねる。

「震え、と思いますが……」

そう答えながら、なつめは、もしかすると痙攣かもしれないと思う。

「薬を出します」

「どのような薬でしょうか」

「とりあえずの精神安定剤です。取りに来ていただけますか」

「はい、すぐにうかがいます」

受話器を置いたその傍らに、長男泰男が心配げな表情で立っていた。

「ぼく、行くよ。鎌倉病院に薬をもらいに行くんだろ」

「そう、行ってくれる、泰男」

「はい」

泰男はなつめから財布を預かり、すぐに玄関を飛び出した。そして懸命に走った。由比ケ浜に近い家から、長谷の大仏坂手前まで、歩いて十五分の距離である。病院で薬を受け取り、金を払い、また家に向って走った。玄関から、「ただいま、薬もらったよ」と叫んだとき、なつめはあまりの速さに驚き、感激すらしていた。薬を飲んで伊佐男の症状は落ち着き、やがて眠り始めた。

後になって、泰男は〝あのときほど夢中で走ったことはない〟と、十里の娘に話している。十里の娘は、昭和二十二年春に、鎌倉市長谷東町《あずまちょう》に引っ越して来ている。それからは東町の娘になる。

伊佐男の寝顔を見ながら、昭生はなつめに頭を下げる。それから伊佐男が目を覚まさないように小声で話す。

「ぼくが、話をし過ぎました。申し訳ありませんでした」

「いいえ、そんなことは……。とても喜んでいたのです」

「伊佐男君、何か気になっていたことが、あるのでしょうか」

「満州では、色々と苦労があったようです。特に哈爾浜では」

「どのような……」

「さあ、……普段仕事の話はしないひとでしたから」

昭生は、少しまえの自分を振り返る。

伊佐男君が、突然大声を出すまえ、自分たちはどんな話をしていただろう。驚きが激しくて、記憶が前後するなか、浮かんできたのは〝筆まめ〟という言葉だった。

そうだ、葉書だ、哈爾浜から届いた葉書の話をしていた。〝当地ではマータイが良く売れる、それも大量に……〟という文面を口にしたときだ。あの瞬間、伊佐男君に何かが起きたに違いない。

「大連支店長が、まだ現地に居るので、帰国出来ればわかると思いますが……」

推理を続ける昭生の耳に、なつめの声が遠く聞こえる。

翌日医師の往診があった。医師は、患者に震えが始まった直前のことを、細かく訊ねる。なつめは話す。

「久しぶりに、かつてのチームメイトが訪ねてきました。私が茶を淹れに席を外しているときも笑い声が聞こえておりました」

「ほう、それで」

「その友人の話では、突然何かを思い出したかのように、〝ああ〟と叫び、続いて色々な言葉を発すると同時に、震え出したそうです」

「哈爾浜でお倒れになってから、そのようなことは」

「一度もなかったと思います」

「なるほど」

医師は改めてカルテを見る。そして、

「二年ですか……」

と呟く。

「私は内科の医師で、精神科の医師ではありません。専門医に聞けば、詳細にわかるかもしれませんが、もしかすると、二年前に一度途切れた記憶が戻ったのかもしれません」

「そんなことがあるのでしょうか、二年も経って」

「症例としてはないこともありません。もしそうだとしたら、病人にとっては非常に刺激の強いことが起きたということで、再発の不安その他問題が生じます。しばらく安静になさってください。薬を差し上げますので、指示通り飲ませてください」

医師はそう言って帰って行った。

伊佐男はその日から、薬の効力もあって、寝ている時間の長い病人になった。

2

十月、幣原内閣成立。

そのころから、各地に闇市が出現する。鎌倉市も国鉄駅周辺に闇市が並ぶ。

婦人参政権公布。「お山の杉の子」の歌が流行する。

そして年が替わった。

昭和二十一年一月元旦、「新日本建設ニ関スル詔書」が発せられる。それは、天皇の人間宣言であり、神格否定宣言でもあった。

病人伊佐男は、元日ということもあって、やっと起き上がりその詔書のニュースを聞いた。三男坊を亡くし、さらに病床にあって敗戦の屈辱を味わいながらも、新年が迎えられたことは、喜ぶべきことであった。天皇の人間宣言を耳にしながら、伊佐男は若き日の桜田門警護の夜を思い出しているのだった。銀座の灯りが恋しかった夜……。それは数々の記憶のなかでも、心温まる記憶であった。

出来る、ことなら……、と伊佐男は呟く。

もう一度、御所の警護を、させたまえ。夜のとばりも、何のその……。

なつめはその声を聞き取って、涙ぐみながら微笑む。

哈爾浜で何か嫌な事件があったらしい、と、すでになつめは感付いていた。それも体に障るようなことが……。それならば、哈爾浜そして大連、つまり満州の話はしないほうが良い。出来るかぎり若き日の楽しかった話をして、病人の心身を和らげたい。社長室の壁に飾られていた愛馬ハセロードと優勝カップの写真は焼けてしまったが、家に一枚同じ写真が残っていた。なつめはその写真を額にいれて、病床から眺められる場所に置く。久しぶりにその写真を見た伊佐男は、「おう」と喜びの声を上げる。

「あのときは、感動したな」

しばしそのラストスパートを思い出すように、満面に笑みを浮かべている。こうして病人の硬くなった心をほぐしていくのが、妻のなつめの務めとなっている。しかしひとつの方法もやがて飽きられる。次の方法は何か。病人の関心がそちらに向くような方法は……。

良い知らせが飛び込んで来た。召集され戦地に行っていた若い社員、杉下と石田が次々に復員して来たのである。どちらもそれぞれの戦地で生死をさまよった様子だったが、五体満足で日本に戻ってきた。そしてまず会社を訪ね、伊佐男の病気病状を知り、見舞いにやってきたのである。

伊佐男は喜んで若者を迎えた。「ご苦労だったな、よく戻ってきた」労う声も弾んでいた。

希望の持てる話がその先にもあった。今年秋には次男満男の慶應幼稚舎入学試験が行われる。無事合格すれば来年は一年生になる。疎開児童として御殿場に行っていた泰男の同級生たちも、それぞれの両親のもとに戻っていると聞いている。幼稚舎の制服を着た満男を見たら、父親伊佐男はどれだけ喜ぶことか。長男泰男のときと諸事情が違っていると言っても、本宅の良夫、孝夫から始まったこの伝統を変えるわけにはいかない。

病人の精神状態が良さそうなときを見計らい、なつめはその話を告げる。

「おお、そうか」

思った通り、伊佐男は眼を輝かし、「絶対に、合格だ」と手を合わせる。なつめは安堵してのち溜息をつく。

そのころ、東京京橋交差点近くのビルディングの一室で、株式会社倉山商店の役員面々が集まって来ていた。日本橋小網町の焼け跡にとりあえずバラックを建てようという案もあったが、財閥解体、農地改革などの案を次々に発表している総司令部（ＧＨＱ）の動きも摑めず、焼け残ったビルティングの一室を借り、戦後の第一歩を踏み出そうとしているのだった。そこには番頭の塩田、経理の元橋、営業の勝俣に加え、茨城支店の木内一雄、静岡支店の倉山守男の大きな姿があった。北海道と九州の支店長は遠方ゆえ、欠席であった。

幸い近県の静岡支店、茨城支店などは焼けずに残っていた。支店のふたり木内と守男は、本社を焼失し、失意にある社員よりも元気であった。そして何よりも、本社復活を喜んでいた。しかし、支店長を交えたその日の会議は深刻なものであった。戦災による本社焼失その他による社全体の経済損失の報告、さらに現社長の長期病気療養による退任、そして次期社長の推薦人事が行われたのであった。その結果、次期社長候補には倉山守男が選ばれる結果となった。正式には三月末日の臨時総会で決まることになった。そのニュースは元橋の書いた手紙と報告書によって、鎌倉に知らされた。

覚悟はしていたものの、なつめは大きな衝撃を受けていた。夫伊佐男はまだ生きている。まだ四十歳になったばかりだ。そんな思いもあった。伊佐男にはまだ知らせず、追い追い話すつもりでいた。

「どうしたの、お母様」

母親の様子を不審に思った泰男は聞く。

「お父様がね、この四月一日から……もう」

そこまで言って、あとは涙になった。

息子にはしっかりと伝えなくてはならないと思いながらも、〝社長を辞める〟という言葉を口にすることは出来なかった。

それまで何かにつけて家の代表者にされてきた泰男は、その重荷を背負いきれないと感じながらも、いつしか成長して来ていた。

母親がこれだけ泣くことは、他にはない。

「お父様、三月いっぱいで、社長を辞めるのだね」

そう口にした。

「そう、そうなの。元橋さんから手紙が……」

その手紙を泰男に見せる。泰男はじっとそれを読んで、わかったという表情で頷く。

「お父様に、これを見せたの」

「いえ、まだ」

「だったら、ぼくが話すよ」

「泰男ちゃん、出来るの」

「ぼくも四月から、普通部中学生だ」

泰男は胸を張った。そしてその伝達は成功した。伊佐男はいつにない長男泰男の話を聞いて、混乱することもなく、落ち着いてその話を受け容れ、笑顔すら見せた。その様子を遠くから見ていたなつめは、戻ってきた息子に、

「泰男ちゃん、ありがとう」

と頭を下げた。なつめはこのときほど子供の存在をありがたい、と思ったことはない。以来、なつめは泰男を頼りにするようになる。


しかし、倉山伊佐男は、その退任の日を待つことなく、三月七日の午後息を引き取った。数日まえから食欲を無くし、重湯も薄めの味噌汁も喉を通さなくなっていた。吸い飲みで水を飲ませても噎《む》せてしまう。体力が見る見る落ちていく。意識が朦朧とするなかでも、「泰男、やすお」と声を発する。手を握っている者がなつめであっても「やすお」と呼ぶ声は、健康時と変わらない、跡取りを尊重する習慣であった。

亡くなる瞬間に立ち会ったのは、なつめそして泰男、満男の三人だった。なつめは気丈に涙を堪え、ふたりの息子に声をかける。

「あなたたちふたり、この日を忘れないでね。……そして、兄弟仲良くするのよ」

と。

享年、四十一歳。兄容輔より一歳若い死であり、残された妻は三十四歳。泰男は十二歳、満男は誕生日前でまだ五歳であった。

3

四十九日が過ぎて、埋葬は鎌倉市光則寺に決まった。遺骨は三男行雄の遺骨とともに新しい墓に入った。多摩墓地の墓はすでに売られ、なつめが新墓地を購入したのだった。なつめは学校に行く泰男を見送ってから、満男を連れて毎日のように墓参りをした。墓標は伊佐男の好きだった赤御影石で造られたので、明るい印象の墓になった。

泰男は、四月から普通部の中学生になり、演劇部に入部した。三学年先輩の、本宅の良夫はその部の先輩となっていた。

満男は、秋に幼稚舎の試験に合格した。もちろんそれらは墓標のまえで逐一報告された。持参する花は絶えることがなく、線香の煙は高く上り、樹々の茂る長谷の山に吸い込まれた。

第十五章　和田塚の家

1

昭和二十二年になった。一周忌が過ぎた四月、なつめ一家三人は鎌倉時代の名将和田義盛の墓に近い、路地の奥の家に引っ越した。厳密に言うと一家三人ではない。母親の前原こうと、別棟に、山田一平一家も移ってきたのである。「ご一緒に行かせてください」とトヨは泣いて頼んだが、やむなく千葉の実家に帰ってもらった。路地は自転車がやっと通れるほどの幅で、なつめはその路地沿いの家でひっそりと暮したいと思っていた。

長谷の広い敷地は家とともに売り、建売りの二階家を買った。敷地は元の家の三分の一にも満たなかった。その家は始め、コの字型の家であったが、西側の一画を切り離して移動し、一平一家の家としたのである。境として、竹垣が庭先の方に数メートルあるだけで、勝手口のあたりには特に境はなく、裏門は共用となっていた。以前と同様に一平は無料で家を提供され、その返しとして、植木仕事その他雑用を引き受けるという、暗黙の契約が続いていた。それゆえ、すべてが縮小したというだけで、夫伊佐男とともに暮した長谷の家の雰囲気はそのまま持ち込まれていた。

なつめは引っ越しと同時に、長谷の家から運んだ仏壇の置き場所を決めた。茶の間の押し入れの上段である。そのなかに、倉山の両親、姉夫妻と子供、前原の父、そして新しい仏である行雄の位牌そしてそれぞれの写真を置いた。さらに亡き夫伊佐男の写真を大きく引き伸ばし、額に入れてその上の鴨居に飾った。三度の食事をするときも、午後の茶を飲むときも、家族一緒にという考えからだった。そしていつも生花を欠かさず、朝には必ず線香を焚いた。

泰男と満男はその家から、慶應義塾の普通部、そして幼稚舎に通った。次男満男はすぐに慣れて、ひとりでも通えるようになった。

倉山商店の新社長は、倉山守男に代わり、戦後の再出発が始まっていた。なつめは守男の配慮で相談役という名目で、月々の給料をもらうようになっていた。もちろんその額は社長時代の収入に比べれば僅かな額であったが、長谷の家を売った金も少し残っていて、なつめはまだ切迫した思いになっていなかった。

なつめは子供たちが登校したあと、午前中は家の仕事をし、午後には伊佐男の遺品の整理をした。長谷の家での整理が間に合わず、そのまま運ばれてきた伊佐男の私物が沢山あった。ある日の午後、その私物のなかから、皮の表紙の小さなノートを見付けた。開いて見ると、それは新婚時代に記された伊佐男の日記であった。読み始めてなつめは驚きの声を発した。何と克明に書かれた新婚日記であったことか。三日三晩、新婚の妻に手も触れなかったことが、いや、触れることが出来なかったその思いが詳しく書かれていた。

三月×日

間近かで見ると、その美しさは例えようもない。神々しくさえ感じられる。まえから見ても美しいが、横から見ても美しい。結い上げた髪の毛の端から首にかけての線に見惚れる。ぼくの身体は硬直する。

……

三月×日

今夜もまた、ぼくは処女のプライドというものに気圧されている。何もすることが出来なかった。酒を飲んでみても、その気持は変わらなかった。

……

三月×日

今日もまた同じだった。しかし、手が動かなかった代りに、ぼくの口は良く動いた。色々な話が出来た。ラグビーのこと、両親のこと、兄貴たちのこと、よくまあ喋った、という思いだ。

……

三月×日

二人で隅田川の畔を歩いた。春の川の流れはゆったりとして、優しく感じられた。隅田公園のベンチに腰かけた。それから二人で川を眺めた。川の香りが胸に染みて、ぼくの気持は少しほぐれた。もしかすると向うの気持もほぐれたかもしれない。行きつ戻りつする川風のように、双方に通うものがあったような気がした。

……

その夜、ぼくたちはやっと夫婦になった。

……

なつめは、そのノートを強く抱きしめ、以来、何度も読み返した。若き日の夫の温もりが戻ってきたように感じられた。しかし、それだけでは終わらなかった。

……これから先、生きていく道で、どのような苦難があるか、なつめにはまだ実感が湧いていなかったが、想像に余る困難があることはわかっていた。それゆえ何か身を守るものが欲しいという願望が生まれていた。亡くなってしまった夫伊佐男に、十分愛されたことはよくわかっていたものの、その思い出を第三者に話すときの証拠が必要に思えた。夫の遺した新婚日記を読み返しているうちに、いつかなつめは、そうだ、この日記がその証拠だ。私が愛された証拠の日記だ、と思うようになった。それは未亡人生活の第一歩となる知恵でもあった。

泰男は普通部に進学しても、幼稚舎時代からの演劇活動は継続していた。従兄の倉山良夫はすでに大学生になっていて、やはり大学の演劇研究会に所属していた。平素は大学生のみで活動していたが演目によっては子役が必要になり、声をかけてくることがあった。泰男はその年の秋、ジュリアン・リシェール作『海抜三千二百メートル』という芝居の子役に抜擢された。一九三六年、第二次世界大戦の足音が聞こえる時代のフランス、雪山で道に迷った若者たちが無人のホテルに足を留める。さらに道に迷った女性たちも加わる。その後落盤に道を塞がれ、男女十三人の共同が始まる、という話だ。それぞれの人間には個性があり、各人はそれを演じ切るのだ。

泰男の平素のはにかみも、舞台に乗るとすっかり消えてしまい、微かながら自信も持てるようになっていた。その泰男には一ケ月に一度、正確に言えば二十日に家の重要な役目があった。それは場所が京橋に代わった株式会社倉山商店に、倉山なつめ宛てに支給される給料を受け取りに行くことだった。銀行振込、という制度がない時代である。戦前から給料日は二十日と決まっていた。第一総合館と名前の付いたビルディングに入り、一階の会社の入り口のドアを開けるときの緊張感は強く、前社長の息子となると少年なりに複雑な思いも加わるのであった。

元橋の仕事場経理部は一階の奥にあったが、社長室は二階にあり、給料袋を手にしたあと、階段を上がり守男社長に挨拶をするのが苦痛であった。しかしその挨拶をしなくては、世間で言う〝義理〟が立たず、給料を母親に渡すことも出来ない。

守男社長は本来寡黙な男で、多くを話すことはなかったが、泰男の顔を見れば、

「元気か、学校はどうだ。お母さんはどうしている」

と訊ねてくる。泰男は、

「はい、何とか……」

と答える。「お陰様で」と言ったほうが良かったか、と思うが、台本のある演劇部の台詞とは違って、言葉が思うように浮かんで来ない。

会社を出ると、滲んだ汗を拭う。それで終わったわけではない。戦後の混乱期、多くのひとが経験した、掏摸、引ったくりに気を付けなくてはならない。街には米兵の数が多く、夜になるとその腕にぶら下がっている化粧の濃い日本女性の姿も目に入る。はだけた服の端から覗く胸や丸い腰が気になるが、給料袋を内ポケットに入れて、歩くときは気を散らしてはならない。車中も眠らないようにしている。家に着いて母親に給料袋を渡すまで、安堵することが出来ない。

この日は泰男にとって試練の日でもあるのだった。

なつめはその給料袋を受け取り、先ず仏壇に手を合わせる。全くの無収入に比べればはるかに幸せと思わなくてはならないが、定められた金額で一ケ月を暮らす、それも以前とは比べものにならない少額で……。この金銭的な締め付けは生れて初めての経験であった。

日々、台所口で顔を合わせるじいや一平の妻、ばあやセツに、「何しろ遣り繰りが大変で」と愚痴を洩らす。すると「奥さんは、浪費家だったからねえ」と、いとも簡単な答えが返ってくる。

この私が、浪費家……。

初めて聞いたその言葉に、愕然とする。三十代半ばまで自分の好みに合わせて物を選んで買うのは普通であり、当たり前のことだったからだ。趣味の人形集めも、自分特有の衣服の好みも、今では心を支える誇りにもなっている。前原の兄夫婦から、母こうへの食費は届いているが、それはあくまでも母のための費用で当てにすることは出来ない。私立の学校に通っている息子ふたりに必要な金は、自分が捻出しなくてはならないのだ。鎌倉の鶴岡八幡宮の二の鳥居近辺には、闇市が並んでいる。ほとんどが地面にありあわせの敷物に商品を並べた、無許可の市である。海で捕れた魚の切り身、野菜などを売っている店もあるが、どこかの箪笥に眠っていた着物や帯が並んでいる店もある。戦後の人びとは生きるために、出来るかぎりのことをしているのである。

「今日は、こんなものが売られていたわ。鰐皮のハンドバッグ」

「私は、大粒の真珠が並ぶ帯留め飾りを見たわ」

そんなふうに、日々の変化を話す友人が欲しくなっている。

幸い、和田塚の家近辺には、同じ世代の婦人が住んでいた。山田一平の家とは反対方角の隣家に元華族で民間人と結婚した女性が、その先の家には生命保険会社に勤める会社員の妻が住んでいた。午後の茶の時間になると、かりんとう、煎餅など持って、そのふたりが裏口からはいり、縁先に回り、茶の間に上がってくるのだった。会社員の妻の石野夫人はさほどではなかったが、元華族の栗田夫人は、なつめと同様に昔話が好きな女性であった。さらにその友人から友人へと集まる女性は増えていく。どの夫人もなつめより若く、なつめは座主であり年長者でもあった。なつめは次第に、過去を話す語り部になっていく。

2

長谷東町の娘は、昭和二十二年五月一日、新学期にやや遅れて、鎌倉から東京千代田区九段の白百合学園中学に通うようになっていた。すでに学校制度は六三三制に変わっている。片道約二時間の遠距離通学である。かつては麴町から三十分ほどで通っていたのだが、茨城県に疎開し、昭和二十年五月の空襲で家は焼け、その後疎開地で父親が倒れたことにより、鎌倉に引っ越した。

父親はその春、二屯トラックの荷台に寝かされて、鎌倉に運ばれてきていた。以来母は、介護で忙しかったが、五人の姉のうち未婚の姉がふたり残っていたので、話し相手に不足することはなく、日々を過ごしていた。食べ物も疎開地で親しくしていた農家にルートがあり、主食には不自由していなかった。しかし母がときおり焼いてくれるカルメラ焼きを心待ちにするほど、菓子その他甘味には不自由をしていた。

さらにもうひとつ、平素何の抵抗もなく受け容れている習慣があった。それは、衣服の問題である。戦後になって身長が伸び始め、以前から持っていた服は殆ど着られなくなっていた。母が〝これを着なさい、あれを着なさい〟と言って持ってくる服は、どれもこれも姉たちのお古の服であった。とにかく着るものがあれば良い。戦後に生きる東町の末娘は、喜んでその服に袖を通した。

五月三日、吉田茂内閣によって、新憲法が施行される。
五月二十日、吉田内閣総辞職、二十四日、片山哲内閣成立する。
八月九日、古橋広之進、水泳四百メートル自由型に、世界新記録を出す。

そしてその夏、鎌倉市では鎌倉カーニバルが復活し、八月に鶴岡八幡宮に近い若宮大路から、由比ケ浜海岸までのパレードが行われることになった。鎌倉市とともに久米正雄はじめ著名な鎌倉文士も多く携わっているという。戦中の重苦しい空気が冷めやらぬ市民は、何日もまえからその行列、パレードを楽しみにしていた。そしてその日がやってきた。

娘は母親や姉たちとともに、籐椅子に座ったままの父親を、二十メートルほど先のバス通り、少し先の、長谷東町のバス停のある場所まで運んだ。家に歩行困難な病人がいても、車椅子などすぐに用意は出来ない時代であった。パレードが通る一時間もまえなのに、周囲には見物客が溢れていた。やがて音楽隊の太鼓やラッパの音とともに先頭の車が現れる。積み上げられた高い台のうえに、神主姿の久米正雄の姿が見える。後の車には、事前に選ばれたミス・カーニバルが三人、やはり高い台に座り、笑顔を見せながら左右に手を振っている。見物客からは歓声が上がっている。娘が六人いる母親は、水着姿を見馴れているせいか、笑顔を浮かべている。

ふと見ると、籐椅子に座った父は涙を零し、曲がった唇をゆっくりと動かしている。何か話し始めるときの前兆である。音楽隊の音でよく聞き取れないので、娘は耳を寄せる。

「平和に、なった、平和は……、良い……」

それだけ、やっと聞き取れた。

パレードは、次のバス停〝海岸通り〟に向って、ゆっくりと進んでいく。現在は〝鎌倉文学館前〟というバス停に変わっている方角である。そしてさらにパレードの車が続く手前のバス停は、当時〝劇場前〟となっていた。松竹系の映画館のあった場所である。近隣の人びとはその映画館で戦後ヒットした「君の名は」そして小津安二郎の名作「晩春」などを鑑賞している。現在その地はマンションになり、バス停の名は〝笹目〟と変わっている。

慶応普通部の二年生になっていた倉山泰男は、その日映画館の斜め正面にある、通称〝三角床屋〟のまえに立ってカーニバルのパレードを見ていた。その床屋はバス通りから路地にはいる斜めの道の角に立っていたので、敷地が三角になっている。それゆえ誰もがそう呼んでいるのだった。

浴衣姿に日傘をさした母親なつめは傍らに立っていたが、特に感想は言わなかった。思春期の息子が肌も露わな水着姿のミス・カーニバルを凝視していることが、気になって仕方がなかったのである。……あの膨らんだ胸、あの丸い尻に、太い腿……。三人の身体は太陽のもとで光り輝いているように見えた。あのミス・カーニバルが、この催しものの代表に、俗にいえば売り物になっている。

娘を持たないなつめの心に、古い道徳観が呟きとなって動き出す。

昔の女性は〝ひとまえで、決して、肌をさらすな〟と厳しく言われていたのに……。これが戦後の復活なのですか。アメリカの真似をしているのでは……。いたずらに男子の心を刺激するだけではないですか……。父親のいない子なので先々が心配なのです……。

「泰男、そろそろ帰りましょうか」

「もう少し見るよ、暑かったら先に帰っていいよ」
母子はそんな会話を交わしていた。どちらも次のバス停近くに立っている東町の娘のことは未だ知らなかった。

なつめは、亡くなった夫がその短い人生の末期に、震えるほど気にしていたことを時折思い出すのであった。その思いが届いたかのように、その年の秋、あの場に居合わせた、かつてのチームメイト前原昭生が手紙をくれた。

倉山なつめ様
御無沙汰しております。お元気でお過ごしでしょうか。
伊佐男君のこと、あのときの発作のような震えについて、ぼくなりにずっと考えてまいりました。そして戦後集めた情報のなかに、この問題ではないかと思われることがひとつ浮かんでまいりました。
それは、敗戦と同時にソ連軍が満州の国境を越えてくる直前に、日本軍が作戦として取った行動の証拠を消そうとしたことです。おそらくその証拠の入れ物として、御社のマータイが……、
……しかしそれは、たまたま巻き込まれたというに過ぎず、伊佐男君に罪はないことです

が、正義感の強い伊佐男君には耐えられなかったこと、と察しられます。このことは生涯僕の胸にしまっておきます。奥様はどうぞお忘れください。ぼくも今日限り忘れることにいたします。

前原昭生

と書いてあった。なつめはその手紙を繰り返し読み、

〝それでは私も、忘れることに……、いたしましょう〟

と同意して、その手紙を、和田塚の家の庭で燃やした。煙は高く立ち上った。近くの縁側からその煙を見た一平の妻セツが、

「奥様、何を燃やしているのですか」

と不審げに訊ねてきたが、

「いえ、何でもありません。ごみを燃やしているだけです」

と言って取り繕った。家の敷地が狭くなって、何かと動けばすぐにひと目に付く。不便になったものだ、と思いながら、なつめはそっと手を合わせ祈る。煙の向うに春の日の、隅田川の流れが見えるような気がしていた。

十月十日、キーナン検事、天皇と実業界に戦争責任なし、と言明する。

第十六章　芸術のため、とは

1

歳月は流れる。

昭和二十九年春、倉山泰男は大学三年目を迎えていた。慶應義塾大学演劇研究会の学生としての活動は続けていた。さらにもうひとつ、鎌倉市内で関わっている演劇サークルがあった。〝鎌倉座〟という名の集りである。戦後まもなく結成され、それまで夏の大祭のおり、鶴岡八幡宮の境内でページェント（野外劇）なども行っているアマチュア文化団体と言っても良い。幹部として、鎌倉文士里見弴氏の次男と四男、そしてその親友の劇作家山本栄一氏が名を連ねていた。三名とも大正末期の生まれで、妻と子供と暮していた。

普通部の少年のころから舞台に上がっている泰男には実績があり、その鎌倉座ではかなり重要な仕事を任されるようになっていた。その稽古場にある夕、ひとりの娘が、新入りの座員としてやってきた。ひとつの演目が決まり、いざ稽古本番となれば真剣に取り組む演劇の世界ではあるが、平素はユーモアや、ウイットに溢れた会話、そして笑い声が飛び交う場所でもある。座員一同は、大歓迎してその少女を受け容れたものの、その印象にすぐにニックネームを付けてしまった。

その名は〝温泉まんじゅう〟

娘は二十歳になったばかり、色白でふっくらとした体型であり、何やら熱気のようなものが感じられる。つまり、ただのまんじゅうではない。温泉場で湯気を立てているまんじゅうを連想させる娘だったのである。娘はもちろん自分にそんな印象があるとは思ってもいなかった。多産系の母親譲りで胸は大きく膨らんでいたが、その大きな胸は自分ではあまり好きではなかった。どちらかと言えば、「美人だ」と言われたかったが、その声は聞こえてこなかった。数回その稽古場に通ううちに、入団早々、自分に付けられたニックネームを知り、かなりの不満を抱いた。

それでも座を辞めようとは思わなかった。それまでに娘は大学受験に失敗し、浪人中に挫折するなど、大きな傷を受けている。しかも父親は七年間寝たきりで、介護する母親は疲労の蓄積から血を吐いて倒れる、父が倒れたあと家の支配者となった兄に〝結核だ、うつるぞ〟と言われ、鎌倉から東京文京区の兄の家に移る。兄とは十九歳年齢が違う。居候を続け、受けた大学は不合格。浪人して〝研数〟という水道橋にある予備校に通ったものの、悩みを相談するひともなく、次第に足が遠のくようになった……。母は、予備校に行かなくなった娘に、就職先を探してきて、そこに行きなさい、と言ってきた。全てを諦めてそのオートバイ店に通ったものの、一ケ月で辞めてしまった。その店は国鉄の田町駅の近くにあり、店のまえを近くの慶應義塾大学に通う女子学生の姿があった。当時、ブックバンドというものが流行っていて、教科書やノートを赤と紺のバンドで十文字に閉じ、その先を手に持って揺らしながら歩いていた。全ては自分の弱さから、とわかっていたが、毎夜その姿を目に浮かべ、眠れなかった。そんな思いで事務仕事をしているのに、昼休みに、〝胸がホルスタインのように大きいぞ〟と揶揄《からか》ってくる男子職員がいた。その職員に朝、田町駅で待ち伏せをされる。これが夜だったらどうしよう……。頭が悪くて大学には入れない。美人とも言われない。それなのに胸ばかりが目立ち、冷や汗をかく……。心の奥は温かい湯気が立っているような状況ではなかったのである。

娘がどこでこの鎌倉座を知ったか、というと横須賀線品川駅ホームの待合室である。

一ケ月前の三月、五姉の結婚を祝う会が行われた。五姉は娘より二歳年上、厳密に言えば六女の娘より一年四ケ月先に生まれている。幼いころは、母にお揃いの服を着せられた。年の離れた兄や姉に呼ばれるとき〝そこのふたり〟などと言われ、〝込み〟として扱われてきたあいだ柄である。

姉と司法修習生だった若者は、すでに秋に結婚式と披露宴を終えていたが、父親が寝たきりなので、式は近くの教会で、披露宴らしい集りは東町の家の二階で済ませていた。従ってその折に参加出来なかった友人たちが、品川駅近くのホテルで、ささやかな会を開いてくれたのである。

その帰り、鎌倉に住む参加者は、ホーム待合室で電車の来るのを待っていた。そこで娘は、義兄の友人であるSという青年に話しかけられた。鎌倉市に文人が多かった時代、そのSは有名な歌人の孫だったが、サラリーマンになっていた。

「鎌倉座というアマチュア劇団にはいりませんか」

「劇団、ですか」

小説はよく読むけれど、戯曲はあまり……、と戸惑っていると、

「鎌倉文士、里見弴氏のご一族が始めた劇団で」

と言われ、少し気持が動いた。

「稽古場も、里見弴氏のご本宅の、広い洋間で」

と加えられ、有名な文士に一度会ってみたい、出来れば文学の話がしたいと思い、承諾してしまった結果である。

しかし、里見弴氏はそのご本宅に住んではいなかった。住んでいるのは、弴夫人（山内まさ）と次男（鉞郎）一家であり、弴氏は仕事場とも別宅とも言われる近くの家に暮しているという話で、稽古場に姿を現すことはなかった。

残念ながら、大作家との縁はなかったが、座員という仲間が出来て、娘は少しだけ明るい気

持を得ていた。十月の終わりに、鎌倉第一小学校講堂で本番を迎えるという演目も、アメリカの戯曲『男性動物』(The Male Animal) と決まった。そしてその演出は倉山泰男。それは慶應の演劇研究会で一度扱った芝居であるとも聞かされた。幸い入団したばかりの娘にも、パティという名の役が付いた。

稽古が本読みから立ち稽古に入った夏の夜、座員たちと映画を鑑賞した。彇氏の四男静夫氏は、松竹映画のプロデューサーであった。鑑賞した映画は、壺井栄原作、木下恵介監督、高峰秀子主演の『二十四の瞳』である。当時の日本映画は、小津安二郎、黒澤明監督作品を始めとして、文学と密接な関係にあった。

娘は笹目にある映画館に出向いた。当時館内は細長い椅子が並んでいるだけで、ひとりひとりが座る椅子はなかった。入り口で倉山泰男の他、若い座員たちに会ったので、数人でなかに入った。座の幹部たちはすでに館のなかほどに座っていたが、その近くは満員の状態で、空いている一番まえの椅子に座った。娘は椅子の端に座り、右隣には泰男が座った。椅子は狭く固かった。テレビもまだ普及していないころである。上映映画は質の高い作品であるにしても、その映画館のトイレはまだ水洗式ではなく、〝小便臭い映画館〟と陰口を叩かれてもいた。

……しかし、娘はその文学的な映画を観ているあいだ、快い〝匂い〟を嗅いでいたのである。それは主演高峰秀子の演技から受けた、感動の香りだったかもしれないが、隣に座っている男性、泰男の香りだったかもしれない。風呂が好きだった泰男は、よく庭で薪を割っていたので、その薪で焚いた風呂にはいって石鹸の香りを残して、映画館にやってきたのかもしれない。ともかく、娘はその上映時間中、〝花のような……〟香りを感じていたのである。

次の週からまた稽古に戻った。

稽古場であるご本宅は雪ノ下地区にあり、和田塚、長谷東町地区への帰り道が、泰男と娘は同じ方角だった。娘は、その帰り道、

「父はいない。家族は母と弟の三人だ」

という話を聞いているが、寝たきりの父を持つ身として、とくに気の毒だと思うことはなかった。

しかし、共通点や花の香りがどこまでも続いていたわけではない。第一世の中はそう甘くない。秋にその公演の本番が二回にわたり、鎌倉市立第一小学校講堂で上演され、無事千秋楽を迎えた。その夜はいつもの稽古場で打ち上げの会が始まった。竡氏の次男鉞郎氏も四男静夫氏も、劇作家山本栄一氏も、他の仲間も良く酒を飲んだ。皆酒が好きで楽しそうに飲み、二日間の舞台を振り返り、語り合い感慨にふけり、怒ったり笑ったり、時には泣いたりしていた。もちろん時間の経つのも忘れていた。

そのとき娘は、倉山泰男という大学生が、どの座員にも負けないほどの酒飲みであることを知った。背はすらりと高く、顔もさほど大きくない、少年の雰囲気を残す外見であったが、体格の良い座員に負けないほどの酒量をこなしていた。それが亡くなった父親譲りの血であるこ

となど、全く知らなかったが、酒を飲まない家庭に育った娘は、何か別世界の人間を見るような思いでその打ち上げの夜を過ごしていた。

帰りはいつものように同じ方角へと歩いた。御成通りを真っ直ぐに歩く。由比ケ浜通りの六地蔵バス停近くに、バス通りを長谷方面に向かう道と、左奥の海岸に向かう道の分かれ目がある。そこで泰男と娘はいつも別れる。しかしその夜は更けていたので、泰男は「危ないから」と言い、東町まで送ってくれた。東町の路地の手前で、

「きみはとても可愛い、大好きだ」

と告げられた。美しい、と言われないことは不満だったが、嬉しくて立ち止まった。そして、

「わたしも、大好き」

と答えた。ふたりはそこで抱き合い、唇を重ねた。その場所はかつて、娘の父が籐椅子に腰かけ鎌倉カーニバルのパレードを見て、涙を零したところでもあった。娘に気持の余裕はなく、父を思い出すことも、〝酒臭い〟と感じて相手の胸を突き返すこともなかった。

娘と泰男は、こうして結婚前の姉夫婦のような恋人同士になった。その後、鎌倉市内で毎日のように会い、ときには三田の大学の帰りに新橋駅で待ち合わせして〝銀ブラ〟をすることもあった。当時、若者たちの集まる場所は渋谷、原宿ではなく銀座だった。新橋から銀座八丁目、そして四丁目の交差点へと向かう。服部時計店の時計塔を見ながら、信号を渡ると不思議なこ

とに泰男の足が止まる。娘は笑いながら言う。

「もっと向こうまで、歩きましょうよ」

その先にはたくさんの書籍の並ぶ「丸善」があることも知っていた。一緒に書店に入ってみたいという願望もある。

「いや、ぼくは、この先はちょっと……」

と、言葉を濁す。

理由を問うこともなく娘は向きを変え、もと来た道を歩く。しかし一度ならず同じことが二度三度と続くので、娘は、

「どうして銀座四丁目から向こうに行かないの」

と訊ねる。泰男は少し渋るが、答える。

「銀座一丁目の終った先の京橋に、かつて父親が社長をしていた会社がある。その近くをぶらついて、だれかに見付かるとまずい」

泰男はそのころも、月に一度なつめ名義の給料を受け取りに行っていたのだ。

母こうが和田塚の家にいることによって、前原家の人びとが、頻繁に訪れるようになっていた。

泰男と娘の出会いより少しまえになるが、昭和二十三年五月九日、母の日の写真が残ってい

る。

家の縁先に広い縁台を置き、中心に敷いた座布団の上にこうが座り、それを息子夫婦、学生服を着た長男の息子合わせて十人が囲んだモノクロ写真である。五月の日差しが全員に注がれている。専門家が写したのか、ひとりひとりの顔や服装も判別出来る。老いたこうの穏やかな表情がとても良い。男性四人は背広にネクタイだが、女性はひとりを除いて和服である。一番うしろに立っているなつめも和服である。その姓は倉山に変わったなつめ以外は前原ということになる。前原一族の集り、子供たちが母への感謝を胸に抱いて集まる、その幸せなひとときの記念撮影とわかる。

しかしここは倉山の家の縁先である。なつめの表情が寂しげなのが気になる。何故このときなつめは夫倉山伊佐男の遺影を抱かなかったのか、という疑問が残る。なつめは実家一族に気を遣っていたのか、それともそんな気が薄れていたのか……、一族の応対に追われそんな余裕がなかったのか、とも思われる。

少なくともなつめには、この一族そして容輔の未亡人十志子、そして現社長の倉山守男に、〝このひと、です〟と胸を張って告げられる女性が、長男泰男のまえに現れてほしいと願っていた、と察しられる。

里見弴氏のご本宅の居間で芝居の稽古をして、その後に話し込んでいるときも、なつめから電話がかかり「そろそろ帰っていらっしゃい」と告げられている様子を、娘は見ている。子供のころに色弱が発見され、それはもうほぼ治っていると言っても、慶應義塾大学に近い三田自動車教習所に行ったところ、眼の検査で不合格になったという話も聞いている。「いや、教習所に通い続ける金がなかったから、止めたのだろう」と囁く座員もいたから、真偽のほどはわからないが、金銭的なひっ迫もあったようだ。ともかく母親はその息子の帰りを待ちながら、絶えず気を揉んでいたことは確かだ。

泰男と娘が親しい仲になってまもなく、母こうが成増の長男夫婦の家に引っ越した。やはり最後は、倉山の家ではなく前原の家で看取ると思ってのことだ。そして小遣い稼ぎに空いたその部屋を小学校の女性教師に貸した。新しい暮しが始まっていた。

翌年の三月、こうは成増の家で亡くなった。なつめはその通夜、葬儀などを含め、何度も成増に通った。四十九日の法要も無事に終わった。

しかし安堵する間もなく、材木座に住む兄の具合が悪くなる。最初の妻はすでに亡くなり、写真に写っていたのは後の妻である。そしてその兄も後の妻も亡くなる。男子がふたり遺された。なつめは、家の子供たちの世話をばあやのセツに頼んで、日中は和田塚から材木座に通うようになる。夏の盛りになり、海岸沿いの道を、日傘を差しながら歩き、薄暗くなって戻ってくるようになる。

「子供たちが可哀そうで、見ていられないのよ」

と涙を零す。話し相手の出来た泰男はともかく、高校生になったばかりの満男は淋しい思いになる。満男は兄と同じ細身の身体だが、ラグビー部に所属し、夏は合宿に行っている。

娘と泰男の付き合いが続いていた昭和三十年夏、なつめは病に倒れる。案じていた胸の病が発見されたのである。倉山伊佐男と見合をするときも、〝体が弱い〟と告げてのことだったが、その細身の体型から、その家系からも、〝結核体質〟と診断されていたのかもしれない。戦後はストレプトマイシンという薬も出回り、患者たちに光明が差し始めていたが、一方では結核の外科手術という治療も行われるようになっていた。泰男は、時おり東町の娘の家にやって来て、娘の母にも挨拶をするようになっていたが、ある日、顔を合わせたその母に、

「如何ですか、お母様のお具合は」

と訊ねられ、

「鵠沼の病院で、手術をすることになりました」

と告げている。

「手術の成功をお祈りいたします」

と娘の母は頭を下げた。母はそんな話を聞いても、「あの大学生と付き合うのは止めなさい」と娘に注意をすることはなかった。寝たきりの父親がいるうえ、自分も病み上がりである。年の離れた姉二人が、戦後の混乱のなか離婚をしている。娘の相手選びに贅沢は言えないことはよくわかっていたようだ。

その後、なつめの手術は成功し無事家に戻った。

一方では、年の暮れに娘の父親が息を引き取った。寝たきりの病人が患う褥瘡が悪化して、心臓に影響が出るようになってのことである。告別式は、カトリック由比ケ浜教会で行われた。その日の葬儀ミサに、泰男と近くの笹目に住む山本栄一氏が列席してくれた。栄一氏は少年のころ足を病んだひとで、いつも片足をひきずって歩いていた。その栄一氏が和服姿で聖堂に入ってきた。和服はとても似合っていた。娘はその姿に感動を覚えていた。

病人のいる家の息子、長患いの父を亡くした娘ということで、その愛が深まったようにも見えたが、これもまたそんな甘い話にはならなかった。これらはあくまでも鎌倉市内の話で、東京三田の慶應義塾大学の演劇研究会では、卒業をまえにした学生が主になって、最後の公演準備が開始されたのである。この公演に関しては、娘はまったくの部外者であり被害者であった。

2

泰男は秋に行われる卒業公演で、ソートン・ワイルダーの名作「わが町」(Our Town) の主役ジョージに抜擢された。相手役のエミリーと結婚し、ともに人生を歩もうとする物語である。演出は親友でもある都立の名門日比谷高校出身の西條星一である。泰男はすでに洋画の配給会社に就職が決まっていた。

西條は鎌倉座の公演も観に来てくれたので、娘とも面識があった。そしてすでに泰男と娘が恋人同士になっていることも知っていた。西條にもそのころ親しい女友達土屋佐央里《さおり》が存在した。

その日西條は前日から泰男の家に泊りこみで来ていたようで、昼まえに娘が訪ねて行ったときはすでにその茶の間に座り、泰男と議論めいた話し合いをしていた。

「……ともかく、恋人同士から、結婚式を挙げていく男女なんだ。抱き合って愛を囁くときも、ぎこちなさがあってはいけない。先輩と後輩だが、そこは芝居のなかの話として、自然な演技をしてほしい……」

そんな話が娘の耳に聞こえてきた。鎌倉座で一度公演に参加した身でもある。西條の話の主旨に異論はなかった。しかし西條の話はまだ続いていた。話、というよりすでに演出家西條には一つの案が固まっていたのである。

「いいかね、泰男君。今日を始めとして、何回かエミリーとデイトをするんだ。もちろんきみはジョージとして、だ。喫茶店でコーヒーを飲んだり、公園を散歩してもいい。時間があったら映画を観てもいい。……とにかく本番の舞台までに、自然な演技が出来るようになってほしい」

泰男は何ひとつ反論せず、言葉が切れるたびに丁寧に頷いている。

それから西條は、改めて「お願いがあります」と娘に声をかける。

「……今日午後から、泰男君はエミリー役の女子学生とデイトをする。そのあいだ、ぼくがあなたを預かる。いいですね」

何もかもすでに決まっているような話しぶりであった。急のことで何も答えられなかった。泰男も黙っていた。何もかも西條の思う通りにされているような気がしていた。

女子学生との待ち合わせ時間は決まっているようで、泰男は支度を始めていた。母親は鵠沼の病院に定期検診に行っているという話で、その姿はなかった。まもなく三人で泰男の家を出た。三人で途中まで歩いた。御成通りに入ったところで、泰男が、

「横須賀線電車の時間があるから」

と言って独りで走り出した。そのころ横須賀線は十五分または二十分の間隔で運行されていた。「行ってらっしゃい、頑張って」

西條はそう言って見送った。娘は無言のままだったが、その背中が人混みのなかに消えるまで、視線を離すことが出来なかった。西條と娘は次の電車に乗り、新橋駅で降り銀座の喫茶店に入ったが、コーヒーの味も苦く、話も一向に弾まなかった。〝ぼくがあなたを預かる〟と言った意味がどういうものか全くわからなかった。泰男も西條も芝居のことで頭がいっぱいで、自分は適当にあしらわれている、と思えた。

泰男は大学の教室の稽古場で本読みそして立ち稽古を行いながら、女子学生との付き合いを続けていたようだ。最初のうちは「銀座のあの店に行った。こんな話をした」と教えてくれた

が、本番が近付くと、眼の色も違ってきて、あまり話さなくなった。

公演本番の日、娘は少し早く会場に出向いた。理由はとくにない。開演まで時間があったので、受付近くに立ち、エレヴェーターホールから流れてくる人びとを眺めていた。中年の紳士がひとりこちらに向って歩いてきた。少し肥えた、どこかの会社の社長のような風格である。紳士は受付のまえで立ち止まり、はっきりとした声で言う。

「……子の父親です」

受付係は、「どうも」と頭を下げ、その紳士を会場内へと案内する。

娘は目をそらし、窓の外を眺める。寒空がビルディング街の彼方に広がっている。褥瘡に苦しんで亡くなった父の姿は、もう眼で見ることが出来ないが、その行方を探したい思いが湧く。嫌な予感が頭をよぎる。……風格ある紳士は、エミリー役女子学生の父親だった。

幕が開いた。エミリー役の女子学生は舞台映えのする顔立ちだった。見慣れている泰男の顔は、ドーランこそ塗っていたが、少し印象が弱い感があった。そしてふたりは恋人同士から結婚式を挙げる役を演じ切った。

部員全員で力を合わせたその公演は、成功のうちに終わった。別の場所で打ち上げをすると、事前に泰男に聞いていたので、娘はひとり家に帰った。暗くなった冬の街の夜風が身に沁みた。

後に娘が、母親のなつめから聞いた話によると、泰男はその日打ち上げを済ませ、終電で帰ってきた。もちろん酒は飲んでいる。しかし、茶の間で心配して待っていた母親の顔を見るなり、泣き出した。そして、「もうこれで、ぼくの青春も終わりだ」と言った。母親はその息子を抱きしめて一緒に泣いたという。……母親からすれば、感動的な瞬間であり、何も悪いことはない。

その年も終わり、昭和三十一年正月になった。

何通かの年賀状が娘のもとに届いていた。高校時代の学友、そして西條との付き合いのある土屋佐央里からの賀状もあった。最後の一枚は、東京住いの兄からの賀状であった。印刷してある葉書でなかほどにひと言書きいれる空欄のあるものだ。その空欄にペンで走り書きがしてあった。

そこには、「早く嫁に行け、目障りだ」と記されてあった。

〝私の気持も知らないで……〟

体中の血の気が抜けていくような気持であった。

娘の両親が、跡取り息子として大切に育てた兄は、末の娘の知る限りでは、毒舌家であった。しかし情が全くない人間ではなかった。後になれば、それは〝しっかりしろ〟という応援だったかもしれないが、若い娘にその斟酌は出来なかった。考えは悪い方向に進み、泰男に会ったらこの葉書を見せようと考えた。

本番の日に、会場の受付で得た予感は外れていなかった。

大学の卒業式があり、泰男が新入社員として有楽町駅に近い洋画配給会社に通い始めても、女子学生との縁は切れないようであった。一方市内の鎌倉座の活動は続いており、娘は里見弴氏のご本宅に通った。そして泰男と顔を合わせた。泰男は、「慣れない事務仕事が大変だ」と皆に話していた。その洋画配給会社は当時輸入した映画「赤い靴」「ハムレット」などがヒットして人びとに知られていた。

「お父さんの倉山商店には入らないのか」

と聞くひともいた。

「父のまえの、社長の長男がすでに入っていますので」

と泰男は答えた。その長男とは、子供時代、浅草橋場でともに暮した倉山良夫であった。なつめはもちろん泰男の倉山商店入社を望んでいたが、現社長の倉山守男が演劇に夢中になっていた泰男の入社に難色を示したのか、「今は会社も手一杯なので」という口実で、断ってきたという。相撲部出身の守男社長はその道の指導者から名誉職を得て、国民体育大会のおり、昭和天皇の解説者に選ばれるほどの、スポーツ愛好家であった。

娘は、苦学を続けた義兄が二度目の司法試験に合格した直後に、姉にプロポーズした話を知っていた。そして母にも「お嬢様をいただきたい」と頭を下げたことも聞いている。そのときの姉の嬉しそうな顔は目に残っている。職業が決まることはひとつの区切りではないのか。

鎌倉座からの帰り道、娘は大事に取っておいた兄からの葉書を泰男に見せた。街灯の光がその葉書の文面を鮮やかに照らしていた。何か返事が返ってくるかと期待したが、泰男は黙ってそれを見るだけで、言葉を返さなかった。

そのころ娘は、泰男が背負っている家の歴史、その諸事情を全く知らなかった。若さゆえ、愛の気持は高まるばかりだったが、先々のことが不明という状態が続き、朝夕不安を覚え、床に就いても眠れないという結果になった。おそらく、泰男は洋画配給会社の仕事を生涯の仕事と思わず、倉山商店入社に大きな望みをかけていたのかもしれない。

その娘に、傍目にもわかる変化が現れていた。

かつて〝温泉まんじゅう〟と言われていた娘の身体が、日に日に細くなったのである。男女のことに知識豊富な﨓氏令息たちや劇作家山本栄一氏などは薄々わかっていたようだが、他の座員に、

「何か、痩せたようだね」

と不思議そうな顔で言われることがあった。そのころの写真が残っているが、温泉まんじゅうどころか、疎開地の利根川土手に繋がれていた白山羊のような、細い手足になってしまっている。

感性が敏感になる年ごろでもあった。娘には、ご本宅の稽古場に来るたびに気になっていることがある。それはご主人である﨓氏と同じ家で暮らさない﨓夫人の寂しげな表情である。

「仕事のためなのですよ」

仕事場のある別宅に住む夫について、夫人はそう言い切る。彍氏本人はそれを「芸術のため」と言っていると聞く。

〝芸術のため……〟

娘はそう呟き、考える。

去年の秋、演劇部の西條も〝芸術のため〟その演目の成功のために、泰男を女子学生のもとに走らせたのだろうか。そのために丸々とした私の身体は白山羊のようになってしまったのか。日比谷高校と言えば、同時期に評論家の江藤淳、作家の坂上弘、映画監督の佐藤純弥などを輩出した高校である。西條はそのひとたちのなかで学び、影響を受けてきているのだ。それは、何かを創りあげるとき情に溺れるな、つまり〝非情になれ〟ということなのか。ミッション・スクールのキリスト教教育から〝愛を〟と教えられた私とは違っていたのか。しかし、西條は卒業後実家の文具販売業を継ぎ、泰男はサラリーマンになっていて、プロの職業として演劇の道を選んだわけではない。学生と社会人の切り替えがつかないまま、人間関係だけが非情な方向に動き出してしまっている……。

新婚の姉夫婦の様子も変わらない。どうしても比べてしまうところがある。姉たちのような夫婦になりたいな、という願望が知らないうちに湧いてしまう。

娘はその春から、女性デザイナーが経営する洋裁店で働くようになっていた。全ての思惑が外れた気持になっていたが、兄に経済的負担をかけている以上、家でのんびりしているわけにはいかなかった。ある日の帰宅時、娘は偶然東京駅の横須賀線ホームで、女子学生とふたり連れの泰男に出会う。すぐにホームに入ってきた電車にふたりは乗り込む。泰男は娘に気付いたようであったがそのまま車両の片隅の席に腰かける。娘はそれを横目で見て隣の車両に乗って、窓際に腰かける。以前泰男の口から女子学生が品川近辺に住んでいると聞いている。品川なら、山手線でも京浜東北線でも行かれるのに、途中まで泰男の乗る横須賀線に付き合うほどの仲なのか、娘独特の勘が働く。

その勘通り、女子学生は品川駅で降りていく。その状態のまま電車は走っていく。鎌倉駅に到着し、娘は階段を降りその裏口へと走った。裏口から長谷の東町まで歩くのである。現在では〝裏〟という言葉が差別語とされ〝西口〟と呼ばれているが、小津安二郎監督の映画の台詞では、名女優杉村春子によって〝裏口〟と使われている。それはまさに裏口という言葉が似合う夜だった。

娘は泰男と顔を合わせたくない。早足で御成通りそしてバス通りを歩いた。バス通りに入ったあたりからうしろを追ってくる足音が聞こえた。泰男に間違いない。しかしどういう神経をしているのか。そのうちに何か声を発している。逃げるように足を速める。しかし足音は続いている。六地蔵まえから道が分かれる寸前、肩をぽんと叩かれる。それを無視して、娘は真っ直ぐに歩く。振り向いてぶん殴ればよかったのに、それほどの勇気はない。泰男は諦めたのか、それ以上追ってこない。

家に帰っても、母の作った食事がほとんど喉を通らず、床に入っても眠ることが出来なかった。

第十七章　日暮しの声遠く

1

なつめはその日の午後、郵便受けに届いた「日本人形創作学院」の入学案内を眺めていた。昨年の外科手術以来、体力は落としていたものの、人形を愛する気持は消えていなかった。いやむしろ募っていたのである。泰男の帰宅時間は遅く、日によっては酒を飲んで帰ってきた。その酔い方が、亡き夫伊佐男の酔い方に似ているので、背筋が寒くなることがあったが、懐かしさを覚えることもあった。それらの思いを振り切って、人形造りに集中しようとしているのだった。もちろん遠方の学院に通うことは出来ないが、通信制もあるというので取り寄せてみたのだった。案内といっしょに可憐な人形の写真も載っていた。

しかし、入学金その他諸費用という項目を読み、かなりの高額になるので、もう少し様子を見ようと考えた。長男泰男が社会人になったと言っても、下にもうひとり弟がいる。満男はラグビー部の活動は続けていて、春夏の合宿費などに出費がある。それでも人形のことを考えるひとときは楽しかった。

そのとき電話のベルがなった。いつもの話し仲間からの電話と思い、立ち上がり受話器を取った。聞こえてきた声は知らない女性の声、それも少々険しい声であった。

「もしもし」

なつめは訝りながらも、いつもと同じ声を出した。と言っても、外科手術によって肺活量が減っていて、大声はでない。相手の女性は話し出す。

「当方は、大変迷惑いたしておりますので、ひと言お伝えいたしたい、と思いまして……、」

それは東京品川地区に住む、女子学生の母親からの電話だった。

……それによると、泰男がある夜突然、酒を飲んでその家を訪れたらしい。それもかなり酔っていたという。かつては酒飲みの妻であり、現在は酒飲みの母親であるなつめには想像の出来ることであったが、先方はそういう家庭ではなかったようだ。

「ただ今、娘には良い縁談もございまして……」

そう言って電話は切れた。

良い縁談……。その言葉からすると、酔って訪れた我が息子は、良い縁談の範疇ではないということになる。しかしなつめの内部には依然として残る誇りがある。士族であり、成功した近江商人、前原家の娘としての誇り、さらに嫁いだ倉山家繁栄の誇りである。

何と失礼な……。

電話機のまえで、なつめはそう呟いた。しかしこの屈辱をどうやって晴らしたら良いのか、方法が見付からなかった。夜になって帰ってきた泰男に、その話をしたことは言うまでもない。話しながら、悔し涙が溢れてくるのを抑えることが出来なかった。

「二度と、そのようなことはしないでください。とにかくお酒は良くないわ」

「そうかな」

「あなたは、倉山商店に入社する望みがないわけではないのよ。お父様の顔を思い出してしっかりして……」

「でも、お母さん、……お母さんは女のひとだけれど」

泰男はあえて言い返す。

「何なの」

なつめの顔がさらに険しくなる。

「ぼくは、男だ」

なつめの顔が驚きの表情に変わる。

「男には男の、衝動があるんだ。真っ直ぐに鎌倉に帰ろうとしても、知らないあいだに足が違う方向に動いていることがある」

「まあ」

息子から〝お母さんは女のひと〟と言われたのは初めてのことだ。そんな目で私を見ていたのか。しかも、男には男の衝動がある、と。

「それにお母さん、ぼくが大学に入って酒を飲み始めたとき、〝酔いっぷりが、お父様そっくり〟と喜んでいたじゃないか。酒は良くない、なんて、今ごろになって、可笑しいよ」

確かに、それは息子の言う通りで、なつめは何も言えなかった。そのときなつめは〝衝動〟という言葉から、かつて橋場の家で起きた、赤い靴を隅田川に捨てた事件を思い出していた。赤い靴と言っても、色弱の泰男には赤く見えなかったかもしれない靴……、あの靴を捨てたのも、あの子の衝動だったのか。見えた色がわからない。何もかもわからない。

しばしの沈黙のあと、なつめは声を振り絞る。

「お父様が、生きていらしたら……、こんな思いはしなくて済んだのに……」

〝お父様が生きていらしたら〟

その言葉は、以来なつめがふた言目には口にする言葉となった。


体重が減る一方の娘はその夏、母の勧めで新潟県糸魚川市の、親類の家に出掛けて、一ケ月ほど滞在している。戦前、母はその一家の面倒を見たという話で、娘はその恩恵に浴したのだ。近くには名所、月不見《つきみず》の池があり、閑静な土地であった。娘の従兄弟に当たる男性がその地で医院を開いていて、妻と小学生の息子がいた。朝な夕な蛙の声が聞こえてくる田園地帯でもあった。その地で、娘は何人かのひとに手紙を書いて、ポストに投函した。母にはもちろん、静岡に転勤した姉夫婦、その他鎌倉座の山本栄一氏、などに手紙を書いた。皆、丁寧に書いた返事をくれた。従兄弟の妻が、いつも届いた手紙を渡してくれた。

思い切って、泰男にも手紙を書いた。

〝こんなところに来ています〟という知らせと、〝私たちの付き合いは、もう終わったのか〟という質問を加えた。まもなく返事が届いた。

あまり上手ではない文章が連ねてあったなかに、決定的な一行があった。

〝きみは、慶應の学生には合わないタイプだ。その点、……あの娘は慶應タイプだ。〟

不合格だった大学に対する憧れは、以前泰男に話した覚えがある。高校生のときその大学出身作家O氏に手紙を出した。他の作家にも手紙を書いていたが、だれからも返事が来なかった。普通そうしたファンレターに返事は来ないと知る。それにも拘わらずO氏から直筆の返事が届いた。嬉しくて何度も読みなおした。その大学は慶應とは対照的な大学だった。

その話が気に入らなかったと言っているのか。それだけではあるまい。泰男が直感でものを言うことは知っている。つまり失敗が多く、心に屈折感のある娘を……、そこからさらに這い上がろうともがいている娘を〝鈍臭い、面倒だ〟と言っているに違いない。ああ、そうなのか……、と思いながら、どこか納得しているところもある自分が情けない。

気晴らしに従兄弟の自転車を借りて、月不見の池まで走った。想像していたより、はるかに小さな池だった。周囲の樹々も伸びていて、池の面は暗く感じられた。それで、月が見えない池と名付けたのか。ひとの影もなく気は晴れなかったが、この池に来た日のことは生涯忘れられない、と感じていた。

それから間もなく娘は母の待つ家に戻った。

何をしても体重の戻らない娘を見て、東町の母は何とかしなくてはいけないと思っていた。姉夫婦は、静岡で無事に過ごしていた。婿が来なくなっても面倒見の良い母を訪ねてくる友人たちもあった。そのほとんどは昭和初期の生まれで三十歳近く、半数は結婚していたが、数人は未婚であった。そのひとりが、ある日、「北海道旅行をいたしました」と言って訪ねてきた。手には母への土産の昆布がぶら下がっていた。母は「珍しい品を」とそれを押しいただき、「良い出汁がでます」と喜んだ。それはいつも手作りの料理を食べさせる、母への感謝の品でもあった。娘はそんな風景をぼんやりと眺めていた。

すると娘の目のまえに、突然木彫りの熊が置かれた。北海道名産の木彫り熊である。

「これは、貴方へのお土産です」

その声に少し驚く。

当時国内旅行にしてもあまり流行らず、北海道の木彫り熊は珍しいものでもあった。

「有り難うございます」

娘は礼を言ったが、戸惑う気持があった。

喜んだのは、母の方である。送り主はすでに農林省に入省している。将来の安定した生活が見える。母は調査を兼ねていくつかの質問をする。

「東京大学は何学部をご卒業で」

「農学部です。コウザン植物を研究しておりました」

「そうですか、コウザン植物ですか」

母はそう返事をしていたが、その意味がわかっていたのだろうか。ぼんやりと聞いていた娘の頭に、〝コウザン〟の漢字は、〝鉱山〟としか浮かばなかった。後になって、それは高山植物であると知ったが、間違えたと言って笑う気にはならなかった。

母は、一度娘を連れて鎌倉市内のその男の家を訪ねて、ふたりでその母親に会っている。地味だが厳しい印象のある母親だった。二階建ての一軒家の一室で、美味しい茶を淹れてくれた。ひとり息子のようであった。

つまり娘の母は、ほぼ失恋状態にある娘に、新しい縁を与えようとしていたのである。さらにもうひとり、すでに三菱系の大会社に入社している男も現れた。人柄の良いひとであったが、娘はやはり義兄の友人という範囲でしか意識することはなかった。理由はと問われても返事が出来ない。強いて言えば、〝匂い〟が好ましくなかったのである。

娘は二階の部屋に籠り、机のまえに座り、ものを書くようになっていた。母は仕方なくそれを容認し、〝少しは台所で働きなさい〟と叱ることもなかった。

時折、大切な大学受験のおり、自分が病気をして兄の家に預け、その結果が失敗……、それが尾を引いているように思えて、癒す方法も見つからないことを嘆いたが、結局は父の遺影のある祭壇の中央にある十字架に向って祈っているのだった。

2

諸事情から鎌倉座の稽古場が、里見家ご本宅から笹目の山本栄一氏の家に移った。

弴夫人は妙本寺近くの小さな家に移り、長男夫婦もその近くに引っ越すという。どうやらご本宅は売りに出されるらしい。東町から笹目は歩いて五分の距離である。全てが便利になったと娘は喜んだ。山本家には栄一氏より二歳年上の美しい妻と女の子がひとりいた。妻美知は、傍目にもよくわかるほど足の悪い夫を愛し、そして支えてもいた。広い家に広い庭があり、応接間はさほど大きくなかったが、畳の部屋の境の襖を開けると、十分稽古の出来るスペースが広がった。

このことは、娘に幸運をもたらしたと言っても良い。もしかすると母の祈りが天に届いたのかもしれない。稽古場を訪れるたびに、栄一氏と美知の夫婦愛の空気を吸うことになる。ご本宅とは異なる空気の家であることは間違いなかった。

栄一氏はかつて結核を患ったこともあると言い、そのころは家で静養しながら脚本を書き、演劇活動をしていた。その父親は小町にさらに大きな家を持つ実業家であり、暮しの援助はそちらから来ているようだった。すでに洋裁店の勤めも辞めた娘は、毎日のように山本家を訪れ、その他の時間は家で机に向っていた。

泰男も同じように休日には同じように山本家を訪れていた。稽古のない日もあり、そんなときは幼稚園児のキミちゃんとよく遊んだ。男性にしては折り紙が上手なので、いつも「鶴を、折って、」と催促されていた。そんな姿を見て、栄一氏に、

「おまえ、見かけより、子供好きなんだな」

と言われていた。

娘は、泰男の動物好きや子供好きはすでに知っていたが、まだその正体がわからないような気持を抱いていた。それでも、〝もう会わないかもしれない〟と思っていたかつての恋人に、自然に会うようになったのはこの山本一家の存在からであった。

しかし、いつか小説を書くことの、深い味わいを知ることになる。その過程を新しく出来た女友達に会って話すようになっている。それは、日比谷高校から慶應義塾大学に入り、泰男と同じ演劇部に入っていた土屋佐央里さん。とにかく話が通じ、ときにはアドヴァイスもしてくれる聡明で感性豊かな女性である。その日々が心の支えになり始めている。娘をひどく苦しめた演劇部員西條、『わが町』の演出家であった西條は、その代償のように佐央里を娘に与えてくれた。そのころ佐央里は西條の親しい女友達であった。

付き合っている男性の話をする、読んだ本の話をする、新鮮な体験ばかりだ。ときには食べ物の話もする。若い女の話は尽きることがない。少しずつ体重も元に近くなっていた。娘はそのころ、三作目の小説を書いていた。泰男は薄々だが、それらのことを知っているようであった。そしてそれを喜んでいるようでもあった。

その三作目が書きあがったとき、娘に「三田文学」誌の編集部の人間を紹介してくれたのは、この佐央里である。東京駅近くの喫茶店で娘はその編集部の青年に原稿を渡した。〝青春の思い出に……〟という気持が濃かった。次にもし縁談があったならば、承諾しても良い、という諦めも湧いていた。大学受験の失敗、挫折、失恋、と悪いことが続いた娘に、作家になる夢も希望も湧いてはこなかった。もちろん師匠も持っていなかった。

四日目にその青年から電話がかかり、「掲載いたします」という返事が届いた。それは不運続きだった娘には、初めてといって良い幸運の知らせであった。

その前後から、本音、いや正体もわからなかった泰男に、強い衝動が現れ始めていた。一度は嫌った娘への猛攻撃である。何が泰男の心に起きたのだろうか。身勝手とわかっていたが、仕事の帰り、それもかなり遅い時間になって、東町の家にやってくる。門の鍵が締まっていることがある。するといとも簡単に塀を乗り越える。玄関の鍵も締まっているので、庭木戸を乗り越え、庭に回り奥の間のガラス戸を叩く。その部屋はかつて病んだ父が寝ていた場所で、今は母の寝室になっている。母は叩く音に気が付き、床から立ち上がり鍵を開ける。靴を脱いで上がってくる泰男を茶の間に招き、卓袱台のまえに座らせる。二階に寝ていた娘は、騒ぎに気付いて階段を降り、茶の間に入る。母は泰男にも娘にも怒ることがない。「今何時だと思っているんだ。帰れ」と声を上げることもない。酔い覚めの水を与えしばらく話をしていると、泰男はそこで眠ってしまう。

怒るのは娘の母ではなく、なつめの方だった。早朝に電話のベルが鳴る。娘が受話器を取ると、感情的になった声が聞こえてくる。

「泰男が、そちらにうかがっていますか」

嘘はつきたくない。

「はい」

と答える。すると、

「わたしが心配して待っているのに……、どういうことなんですか」

と怒りだす。

「すみません」

娘は相手の勢いから謝ってしまう。

母の声が脇から飛んでくる。

「お前が謝ることはない、勝手に来たんだろう」

母にしては怒りの籠った声だ。しかしすでに謝ってしまっている。

「泰男に、もう帰ってこなくてもいい、と伝えてください」

という声とともに電話が切られる。それを聞いた息子は慌てて家に帰っていく。

そんな夜が数回続いたある夜、泰男は娘に「結婚してください」と言い出す。娘は母の表情を見る。冷静に聞いているようだが〝やっと言ったか〟という思いが微かに浮かんでいるように感じられる。それは娘の受け止め方とほぼ同じであった。

「おまえは、それでいいの」娘は、少しあいだを置いて、頷く。記憶のなかに嫌な風景も残っていて複雑ではあったが、〝それが当然だ〟という思いがあった。母はさらに泰男に幾つかの質問をする。そのひとつはもちろん女子学生との付き合いである。

「それは……、二度と、ありません」

上手な返事の出来ない泰男としては、精いっぱいの返事と思える。

娘はいたたまれなくなって、コップの水を取り替えに台所へと立つ。倉山家の事情も少しわかってきて、泰男を庇う気持も湧いている。戻ってくると、母の質問は次の質問へと移っている。

「お母さまには、もうお話ししてあるのですか」

「いえ、それが、まだ……」

「それは困りましたね」

母はそう呟く。

同じ未亡人だが、母は結婚年月が長く、すでに兄を始め上の姉たちの結婚を経験している。年齢も二十歳年上である。結局、苦労人の母がひと肌脱いで、改めて電話をかけ、日時を決めてなつめと会い、話し合うことになった。そしてその話し合いは無事成功している。

娘の書いた小説は、昭和三十二年、三田文学七月号に載った。誌が発行されると同時に、商業誌「文學界」から、全国同人雑誌優秀作に選ばれ、同誌に転載される、と連絡がはいる。

ちょうど秋の結婚式の日取りが決まったときであった。

母子家庭同士、改まって結納を交すこともなかったが、初夏に四人で、食事を取った。蒸し暑い日であった。母親はどちらも一重の着物に帯を締めていたが、泰男は半袖のシャツ、娘は自分でミシンを踏んで縫い上げたワンピースを着ていた。

なつめにはその簡素な印象が物足りなく感じられたが、口には出さなかった。婿の母としては、婚約指輪も買えず、セイコー社製の安価な時計を用意したのみだったからだ。

十一月初旬に挙式終了、そして娘は泰男の妻になり、和田塚の家の住人となった。母親のなつめ、次男の満男を加え四人家族となった。いや、実際に加わったのはいまや娘から〝嫁〟となった娘の方であった。

ほぼ同時に、映画配給会社での泰男の部署が変わり、営業部配属となった。映画会社の営業部の仕事は、第一に自社の映画を売りこむ、そして売る、ことにある。泰男は映画のセールスマンになって、月の半分を東北地方、主に福島、宮城、山形などの映画館を回ることになる。幸い、鎌倉座の座員のなかに、東宝映画会社のセールスマンがいて、大学の先輩でもあったので、泰男はそのI氏に参考になる話を聞くことが出来た。月初めに泰男は元気に旅立っていった。

嫁は、日中姑なつめとふたりで過ごすことになった。

伊佐男の写真が鴨居に掲げられる、六畳の茶の間で、なつめが大切に温めている昔話、新婚時代の話……、その終わることのない語りが始まったのはそれからである。なつめはいつも、縁に鎌倉彫のある四角い卓袱台をまえにして、庭が一望出来る南向きの場所に座っていた。その右横に小振りの茶簞笥があり、その引き出しのなかに、古い手帳や写真など、語りの証拠となるものが沢山入っているのだった。午前中に、ひと通りの家事が終わり、まもなく昼食の準備をする。昼食が終わり三時のお茶の時間になると、なつめの話が始まる。新婚時代の隅田川の四季を語る話。思い出の新婚四日間の話。

最初にその話を聞いたのは、結婚直前の夏の終わりだった。泰男が出勤して留守の日の午後、用事があって訪ね、庭先から声をかけた。すると、

「二階にいるのよ、上がっていらっしゃい」

という言葉が返ってきた。上がっていくとなつめは浴衣姿で、東側の廊下の籐椅子に座っていた。手で示されるまま、娘はそのまえの籐椅子に座った。

「今、夢を見ていたの……」

どうやらこの場所で午睡をしていたらしい。そのまどろみの続きだったのか、遠くを見るように眼ざしを上に向け、見たばかりの夢を語り出した。

その話は、

「……私、死のうと思ったの」

という言葉から始まった。

庭には日暮しの鳴き声が溢れていた。

「朝鮮と満州の境目に、大きな川があるの、知っているでしょう」

娘に地理の知識はなく、答えることが出来なかった。日暮しの声はさらに大きくなっていた。汗が額から流れた。

列車が鴨緑江にかかる鉄橋を渡るとき、その列車から身を投げようとした話……、それは前触れもなく、核心から始まっていた。なつめは終わりがないようにその話を語り続ける。そして、「私、死のうと思ったの」という言葉を繰り返す。〝死〟という言葉の繰り返しに娘は戸惑う。何も返事が出来ないままただ汗を流している。……母からいつも聞かされている〝キリスト教では、自殺は罪と禁じられている〟という言葉を思い出してもいる。

なつめの伝えたいことは、おそらく〝死のうとしたほどの辛い思い〟ということなのだろう。しかし、浴衣姿の姑は四十代の若さ、六十代の母、少し男性的な性分を持つ母と比べているせいか、妙に色っぽく感じられる。唇に紅を差してもいる。お気の毒なひと、可哀そうなひとという印象が伝わってこなかった。

なつめはその前年、いや二年ほどまえから衝撃のニュースを耳にしている。それは家庭を中心に生きるなつめにとって事件であった。かつての本宅の長男、倉山良夫がひとり娘と結婚し、その家に住んでしまったのである。相手の姓は倉山に変わったものの、事実上婿入りという状態になった。

何てだらしない……、良夫ちゃんは倉山商店の跡を継ぐ人間ではないか。心底そう思い嘆きもした。戦後の日本は変わり特に女性の力は強くなり、男子だけだった大学も共学になっている。良夫の妻になった女性は難関の受験をパスして入学している。そしてその力を隠そうとはしていない。良夫の母親十志子、弟孝夫、妹福子も不満を抱いたが、良夫は断固としてそちらに住むと言い、どうにもならなかったらしい。以来なつめは、我が家の息子泰男にそのような結婚をさせまい、という思いを抱くようになっていた。何かにつけて本宅一家を見て参考にする、そして競う習慣が消えていなかったのである。

その点、泰男の嫁がひとり娘でないことに安堵していたのだった。そして一日も早く孫を産んで欲しいと願っていた。出来れば女の子を……、なつめのその矛盾する願望も消えていなかった。

3

嫁はその後、東町の母を亡くしている。

くも膜下出血のあと、三ケ月余り病院に入っていたが、昭和三十五年一月七日息を引き取った。朦朧とする意識のなか、「おまえの子が見たい」という声を発していたが、末娘は孫の顔を見せることが出来なかった。物心付いたころから、年の離れた母親とわかっていたゆえ覚悟はしていたものの、悔いと喪失感が強く残った。気持の処理が出来ないままに、日々なつめの話し相手をしていた。

なつめの話のなかには、橋場の嫁ぎ先から、前原の実家を訪れるときの楽しい思い出話もあったので、〝里帰り〟することも無くなった自分が悲しく思えてならなかった。

ある日、姑の許しを得て、隣の市、逗子市からバスに乗って、葉山で夫婦ふたりの新婚生活を営んでいる土屋佐央里を訪ねる。結婚した相手は西條ではなく、同じ部の年下の男である。嫁として姑と同居しているかつての娘より、現実的な意味でも賢い女性である。新婚夫婦は、大きな家の離れ屋を借りているということだった。

「ご実家のお母様が亡くなられたそうで」

茶道を習い始めたという佐央里は、母への供養も兼ねて、抹茶を入れて嫁に飲ませてくれた。その道具が片付けられるのを待って、嫁は話を始めた。母の思い出を話しているうちに、話は次第に姑の話になった。

「……とにかく毎日、同じような話を繰り返すのよ」

日々耳にする姑の話にいささか食傷している嫁は、佐央里の家を実家であるかのように、愚痴をこぼし始めた。賢い佐央里は黙って聞いていたが、話が途切れたとき、

「それは、あなたが小説を書くことと、同じではないの」

と言った。

なるほど……。いったん頷いたが、その指摘は合っているようでもあり、違っているようにも思えた。

長居をするのは迷惑かと思い、その後少しだけ話したが、「色々有り難う」と礼を言って新居を辞した。バスに乗り横須賀線に乗り換えた。そして車中考える。

……ひとの流れのなかに生きて、自分の存在を確かめることは簡単なことではない。何かを持つまたは何かをしなくては、風に吹かれた蠟燭の灯のように消えていく。この世に生きているひとは大なり小なりその恐れを感じ、自分を語り、書くのかもしれない。

……しかし、不意に語り出すことと、考えて言葉を選び、書いては訂正しまた苦しんで書く。

添削を重ねた作品の言葉とは違うように思える。少なくとも読書をする人間は、自分の意志の伝わった指でページをめくる。

「芸術のため」と言い、家族と別居している里見弴氏なら、何と答えるだろうか、未だ娘は弴氏に対面し、挨拶すら交していないが……。

まもなく家に到着する。なつめは栗田夫人と雑談を交している。

「山形から、あなた宛てに、泰男の手紙が届いていますよ」

という声。栗田夫人は「夕飯の支度をしなくては」と言って帰って行く。急いで封を切ると便箋二枚に、回った先の土地の名とその市の映画館、その館主の名前、取引の結果などが克明に書かれている。どう見ても営業の報告書である。

元気でいるか、変わりはないか、愛している、などという言葉は見当たらない。しかし、姑にも義弟にも見せることが出来る文面なので、それを披露する。姑は「お仕事、頑張っているのね」と嬉しそうにその手紙を読むが、義弟満男は素っ気ない手紙と思ったのか、「どうして行った先の土地の名前ばかり書いてあるの」と言って、義姉となった嫁に手紙を突き返す。ラブレターを期待して読んだのか、こちらも期待して読んだのだから、返す言葉もない。

それでも、月の半分はセールスで留守にする泰男との夫婦生活は、居ないあいだの寂しさもあって戻ってくれれば順調に続いた。しかし、妊娠の兆候はなかった。

「日にちが合わないのかしらね」

なつめはそう言っていた。

昭和三十五年夏、なつめはテレビジョンを購入した。近くの骨董品店の主人が良く出入りしていたから、古い掛け軸や油絵を売ってその費用にしたと思われる。家事を済ませた後の時間は、テレビのまえで過ごすことが多くなり、嫁は解放された思いになる。その秋、日本社会党委員長、浅沼稲次郎氏が、日比谷公会堂に於いて、山口という少年に刺殺されたニュースも、テレビジョンで見ている。なつめはその瞬間を、少年が壇上に駆け上り、持っていた刃渡り約三十三センチの脇差様の刃物で、浅沼氏の左脇腹を深く、さらに左胸も刺した瞬間、浅沼がよろめきながら数歩歩いて倒れた瞬間の映像を、何度も観ている。

結婚三年目になった昭和三十六年春、嫁はやっと身籠った。出産予定日は来年一月末とわかる。軽い悪阻があったが、無事五ケ月になり、腹帯を締める。晒の布を巻くのは古く、近くの矢内原医院の医師は伸び縮みのするコルセットを勧める。

その翌日、なつめにもあることを勧められた。

それは「鳥のもつを、食べなさい」という話であった。もちろん無事に出産するためである。さらに、「日本一の産婦人科医、浜田病院の浜田先生に教えられたの」と付け加える。

鎌倉駅裏口近くに、美味しい鶏肉を売る「鳥一」という名店がある。なつめは、自らその店に電話をして「鳥のもつを一羽分お願いします」と注文し、配達をしてもらう。まだスーパー・マーケットが出来ていないころ、商人は無料で配達をしてくれた。そしてその調理法を指導する。長葱といっしょに煮込んで、最後に卵をかけると良いと言う。「食べたら、散歩をするのよ」とも言われる。実家の母が亡くなっているので、他に聞くひともなく、嫁はその意見に従う。

しかし、原稿用紙に向い、小説が書きたくなるときもある。そんなときは散歩の歩数が少なくなる。身体に悪いと思うが、書くのを止めることは出来ない。三田文学編集部からも封書で依頼が届いている。「文學界」誌に転載された小説は、その後大きな賞の候補になり、新聞に名前が載った。家に届く一紙だけでは満足しなかったのか、泰男は、自転車に乗って鎌倉駅の売店に行き、さらに三紙買ってきた。嫁には筆名があり、もちろん倉山の姓は活字になっていない。それが泰男には、気楽に思えたのか。

そんなことには無関係と、なつめはもつ料理を作り続ける。「臨月になったら、鰻を取り寄せましょう」とも言う。

夏が無事に終わる。鈴虫の声が聞こえ、秋風が吹いて一安心したある日、嫁の身体に変化が起きた。手足にむくみが現れた。小水の出も悪くなっている。

翌日矢内原医院に行き、診察をしてもらう。

血圧を測ると、平均値を超えていた。

「昨夜と今朝の食べ物を、教えてください」

と言われた。

「昨夜は……、鳥のもつ煮込みと、漬物。今朝は……、味噌汁に、漬物」

「ご飯は、どんなご飯ですか」

「白米です」

と答える。戦時中の麦飯に懲りたなつめは、白米をひたすら好む。

矢内原医師は、首を横に大きく振った。

「すぐにそれらの食事を止めてください。止めないと命取りになります。あなたには妊娠中毒の症状が出ています」

医師は、嫁の症状に合う食材とその調理法をメモし、渡してくれた。そのメモには大きく、「温、根、菜」さらに「干し魚」と記されてあった。

家に戻りなつめにそのメモを見せる。そして、

「大根、人参、牛蒡、蓮根などの土から下で育った野菜を主に食しなさい。煮干しと合わせて煮るとさらに良い。出来れば醬油も塩も入れずに……、それからご飯は玄米に……」

と話した。なつめは驚いた顔を見せる。何度かそのメモを見て、「何て粗末な食事なの」と言い、さらに、「実の親子のように、過ごしたいと思っていたのに……」と失望の色を見せる。

仕事から戻った泰男も、その話に驚いていたが、命に関わること、それも腹の子供にも影響するとなると、「医者の言うとおりに、しないわけにはいかないだろう」と納得していた。

嫁になった娘自身も、体質の違いというものに衝撃を受けていた。カトリック教会では、神

父がミサの説教の時間に、神の愛に向かって〝心をひとつにして〟という言葉を使う。心はさまざまであるがゆえに、歩み寄りが必要と思われる。しかし、〝体質をひとつにして〟という言葉は聞いたことがない。だれかにとって薬である食べ物も、他のだれかには毒の食べ物になる。医学的に重大な問題であるのに……、気まずい思いが生じている。

……考えているうちに、嫁は姑が若いころの幸せであった記憶から抜け出せない、一種の心の病気ではないか、と思うようになった。おなかの子供が、大きく動き出したころ、それはまとまった意見になった。嫁は、子供のために生きなくてはならない。ひとは持って生まれた体質とともに、孤独に生きて行かなければならない、と思うようになる。結婚まえの夏の午後、日暮しの鳴き声をうしろに聞いた、「私、死のうと思ったの」という言葉よりも、その体質の違いが恐ろしく、別の意味では姑が気の毒に感じられた。

医師にビタミンCその他の薬を調合され、血圧は少し下がった。病名は、「妊娠後期中毒症」ということで、「前期中毒症」より軽いとのことだった。しかし、冬になり、臨月は寒の入りということもあって、また血圧は上がった。それゆえ、陣痛が起きても、促進剤は打てずに、ひと晩苦しんで翌朝やっと産声を聞いた。八時五十五分、生れた子供は男子であった。念願の女児ではなかったが、初孫の誕生になつめは喜び、自らその名前を考えた。そして、やはり前原家にゆかりのある漢字を使い命名した。嫁は黙ってそれを受け容れた。いや、心配をかけたこともあって、受け入れざるを得なかったのだ。

しかしその禍は、すぐに福に転じた。その子が福を運んで来たのか、その春、泰男の倉山商店入社が決まった。五年間、セールスマンを続けた功績が認められての結果であった。五月になり、息子は初節句を迎えた。

その数日まえ、嫁は息子とともに、妙本寺近くの里見弴夫人を訪ねた。出産への祝いをもらった礼を兼ねて、生まれた子供の顔を見せに行ったのだ。夫人は喜んでふたりを迎えいれ、子供の頭をそっと撫でながら、「お父さん似ですね」と言っていた。部屋の壁には大きな写真の額が飾られてあった。それは弴氏を中心に夫人息子たちが集まった和やかな写真であった。夫人は妙本寺の住職に帰依し、ときおり法話を聞きに行っている、と話していた。穏やかな心で暮している様子が、若い嫁にも伝わり、安堵の気持が湧いていた。

訪ねて良かった、という思いでその家を辞した。

その夏、早々に次男満男の就職が決まり、あとは卒業式を待つばかりになった。

なつめは「これで慶應ともお別れよ」と言い、その卒業式に出向いた。その帰り嫁は歩き始めた息子といっしょに近くまで迎えに行った。いつもの通り、姑の和服姿は見事であったが、細身で長い足をしている身体の腹のあたりが膨れているのに気付いた。

その後、なつめは小町の針ケ谷医院に診察をしてもらった。矢内原医師が体調を壊していたからだ。そこで良性の卵巣嚢腫を患っていると判明した。まもなく手術を受けた。執刀医は術後、切除した嚢腫を泰男と嫁に見せてくれたが、二キロを越える重さの塊であった。良性であったのは幸いであったが、長いあいだそれだけの塊を抱えていたせいか、以前の外科手術の名残か、なつめは心臓を悪くしていた。待望の孫と僅か二年暮したが、まもなく鵠沼の病院に再入院した。

泰男がその晩は付き添った。嫁は家に残り子供と義弟の食事を作った。片付けが一段落したあと、茶の間の仏壇に手を合わせ、さらに嫁に来るとき母が持たせてくれた十字架のまえに立った。

「義母の病は、長期にわたると思われます」

長年父の介護を続けた、母の姿が目に浮かんでいた。

「費用も、どれだけ掛かるか、見当も付きません」

覚悟しなければ、ならない、という思いが湧いていた。

「もう、ふたり目の子供を産むことはないでしょう」

それはキリストへの宣言でもあった。

しかし、姑倉山なつめは、入院から一週間経った二月、息を引き取った。享年五十一歳。

病院には、前原の親族が次々と駆け付けた。涙にくれるその兄や兄嫁たちは、皆なつめより年上であった。通夜と葬儀は、和田塚の家で行った。前原一族に加え、倉山一族、倉山商店本社そして支店の人びと、かつての使用人、近隣の人たち、嫁の親族も加わって、客間、茶の間、台所、さらに庭までひとが溢れたほどだった。そのなかには大連から無事帰国した池端新吉の姿もあった。生前、多くの人たちと関わりを持ち、その記憶を語り続けたなつめの話が、事実であったことが証明されたとも言えた。

慌ただしかったせいか、二歳の子供は通夜の夜、少し熱を出した。若い嫁は、姑から何度も聞かされた話、三男行雄の死が、父伊佐男の死と重なっていた話、「きっとお父様が、連れて行ったのよ」という言葉を思い出し、「二の舞になっては大変……」と心配したが、翌日の出棺のときは、もう元気になり、小さな手を振って祖母を見送った。

四十九日の法要は、光則寺で行われた。

なつめは今、夫伊佐男、三男行雄とともに、その墓で眠っている。

第十八章　東京オリンピック

その秋、十月十日より東京オリンピック競技大会が開催された。

開催式と選手たちの入場行進はテレビで放映され、国民のほとんどはそれを観た。白黒の映像であったが、その熱気は電波を超えて視聴する人びとの胸に伝わってきた。

泰男の嫁も、姑の遺したテレビのまえに座り、一国民として熱心に鑑賞した。陸上から始まったその競技は、国内では見られないレベルの高いスポーツであり、感動の日々が続いた。しかし二歳と数ケ月の幼児にその面白さは伝わらず、良く回らない声で「オリンピー、嫌、いや」と言い、チャンネルを替えるようせがんだ。

当時、「おかあさんといっしょ」という子供向けの番組が始まっていて、スタジオに集まった子供たちが体操を披露する。なかには小さな子供もいて、手足の動きは揃っていない。幼児はその番組が気に入っているのだった。映像と音が替わり、

〝おててを、ぶらぶら、ぶらー〟

という歌とともに、子供体操が始まると、可愛らしい笑顔を浮かべる。

競技が体操、水泳に変わっても、その繰り返しであった。

二歳の子供とチャンネル争いをする日々、嫁はその映像の向こうに私物を売ってこのテレビを買った義母、さらにその向こうの義父の存在を感じていた。義母が亡くなってからも、倉山なつめ様宛に郵便受けに届く人形学院の案内書、残された人形の数々……、それらは時間と共に消えていくのかもしれない。消えないのは嫁にもある〝戦争の記憶〟である。開会式中継の折、ゲストの中年作詞家が各国の選手集合を見て、〝ああ、これで本当に戦争が終わった、平和になった〟と涙を零している姿もあった。

生きて会うことのなかった義父、スポーツをこよなく愛した義父。戦争に巻き込まれ身体を壊し、それでも生き続けた。

強い人間がスポーツの道に入るとは限らない。むしろ弱い人間こそ、スポーツという文化を愛して闘うのではないか……。憎むべきはそこに立ちはだかる戦争だ。

そんなことを考えているあいだにも、二歳児はチャンネルを替えろ、とせがむ。

嫁はふと〝この子のために、ふたり目の子供を産もう〟と思う。息子は母親の世界ではなく、同世代の仲間を要求している。

姑の医療費は無くなったものの、新入社員としての倉山商店の給料は、以前のセールスマン時代より減っている。子供の数が増えると家計はさらに苦しくなり、自分の時間も無くなる。

しかし天から降ってきたその思いを否定することはなかった。何とか家庭人になったと言っても、愚かな青春時代を過ごしたという恥の念が消えることはない。あのころの泰男も同様であった。

愚かな父と母。他に何が与えられるだろう。

夜になって、夫にその話をした。ひとつの宣言でもあった。嫁はいつのまにか夫を主導する力を得ていた。

そして、東京オリンピックの閉会式も無事終わった。

冬になり、年が明けて嫁に妊娠の兆候が見られた。

その年の九月、女児が誕生した。二十一世紀はもう近くまで来ていた。

【家系図と登場人物】

一、倉山家と前原家

《倉山家》

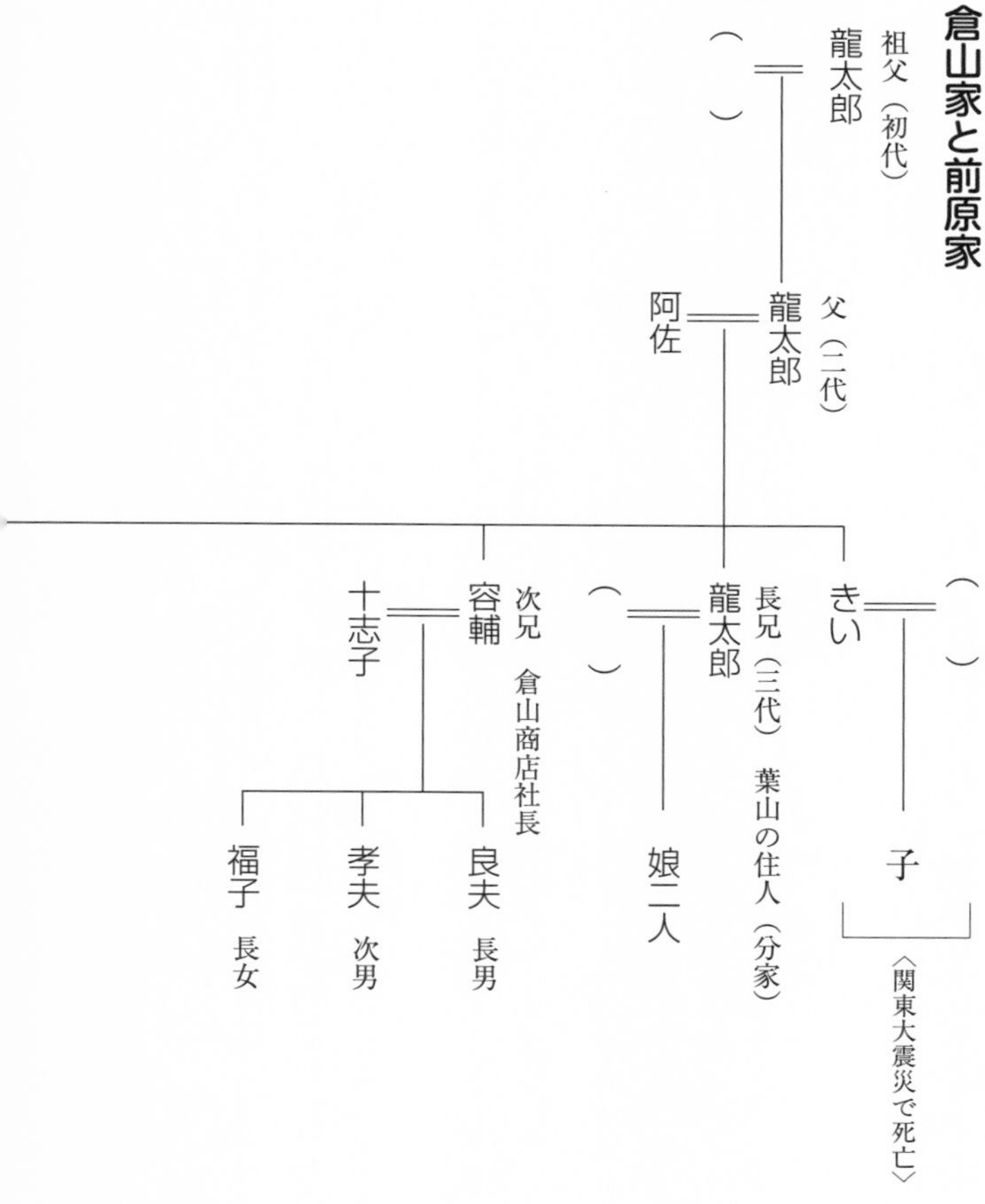

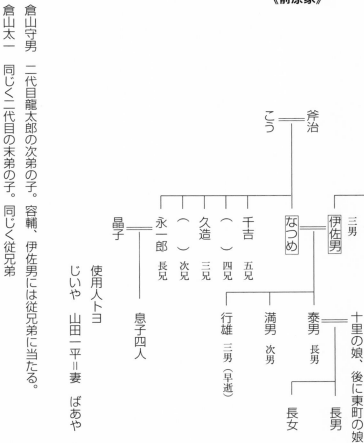

《前原家》

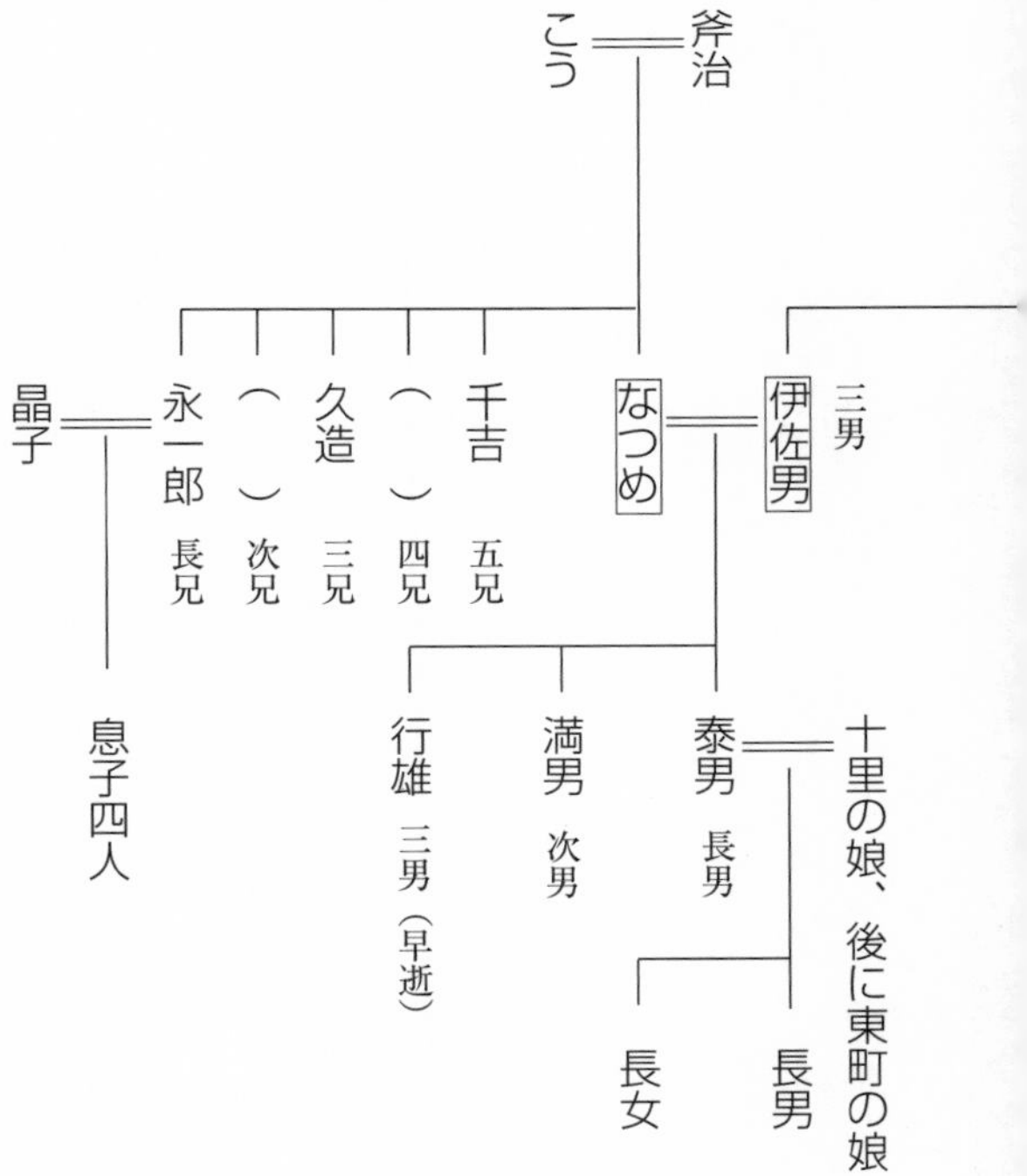

使用人トヨ
じいや　山田一平＝妻　ばあや　セツ

倉山守男　二代目龍太郎の次弟の子。容輔、伊佐男には従兄弟に当たる。
倉山太一　同じく二代目の末弟の子。同じく従兄弟前原昭生（旧姓　萩本）ラガーマン伊佐男のチームメイト。前原家親族の女性と結婚。商社マンで、外国に詳しい。何かのとき伊佐男を助ける。

二、株式会社　倉山商店の人びと

初代は農民から商人に。二代目はこの小説の主人公倉山伊佐男の父。
三代目社長が倉山容輔、四代目が倉山伊佐男、五代目が倉山守男となる。
本社、塩田、常務。以前の習慣から、番頭さん、と呼ばれている。
元橋、経理課長。女性的で、親族会社の親族、その家庭に、常に気を配る。
勝俣、営業部長、本社を守る営業部長。
若手社員、杉下、石田。後に召集され、戦地へ行く。その他女店員数名
大連支店長、池端新吉
大連副支店長、田中与次郎
現地採用社員、三石甲子男
北海道小樽支店長、倉山太一
静岡掛川支店長、倉山守男
茨城支店長、木内一雄
九州柳川支店長、時田源次

三、倉山家・前原家、周囲の人びと

泰男の担任、吉田小五郎師。級友多数。

材木座の住宅仲介業者、吉松。

哈爾浜の謎の男性、中島と名乗る。

四、十里の娘の関係者

父母

兄と五人の姉、娘は末っ子。

出征中の、兄の妻町子と子供勇吾

糸魚川市の医師夫妻と子供。医師が、娘にとって母方の従兄弟。

五、鎌倉座の関係者

山内まさ（里見弴夫人）

山内鉞郎（里見弴次男）

山内静夫（里見弴四男）

山本栄一

山本夫人・美知、娘キミちゃん。

慶應義塾演劇部

西條星一、土屋佐央里、女子学生

六、その他

和田塚の家、近隣の婦人、栗田夫人、石野夫人、その他

東京駿河台、浜田病院の浜田医師。

哈爾浜市民病院の医師

鎌倉市由比ケ浜、矢内原医院の医師

藤沢市鵠沼、鵠沼医院の医師

鎌倉光則寺の住職

銀座のバーのママ

大根の葉の香りを放つ、若い女性サチ

参考文献

1 図説『満州帝国』 太平洋戦争研究会＝著 河出書房新社
2 図説『満州都市物語』 西沢泰彦著 河出書房新社
3 『母と子で見る「満州」再訪・再考』 重田敞弘著 草の根出版会
4 『ハルビン新宿物語』 石村博子著 講談社
5 『哈爾浜詩集 大陸の琴』 室生犀星著 講談社文芸文庫
6 『アカシアの大連』 清岡卓行著 講談社文芸文庫
7 『戦争小説短編名作編』 講談社文芸文庫
8 『方丈記私記』 堀田善衛著 ちくま文庫
9 『僕の昭和史1』 安岡章太郎著 講談社
10 『僕の昭和史2』 安岡章太郎著 講談社
11 『二百三高地』 笠原和夫著 勁文社
12 『関東大震災』 吉村昭著 文春文庫
13 『東京が震えた日』 二・二六事件、東京大空襲 保坂正康著 毎日新聞社
14 『江戸散歩』 三遊亭圓生著 小学館
15 『東京遊覧』 明治大正昭和の日本 渡辺秀樹編 日本文芸社
16 『福翁自伝』 慶應義塾大学出版会

17 『太平洋戦争と慶應義塾大学』 本文編 白井厚監修 慶應義塾大学経済学部白井ゼミナール著

18 『私的昭和史』上巻 東京戦前編 桑原甲子男著 毎日新聞社

19 『私的昭和史』下巻 満州紀行 東京戦後編 桑原甲子男著 毎日新聞社

20 『スンガリーの朝』 石森延男著 大日本雄辨会講談社

21 『ラグビーのルール 超初級編』 中野良一・水谷友亮著 ハーパーコリンズ・ジャパン

その他

あとがき

『ラガーマンとふたつの川』を書くことに、最初は個人的な躊躇いがあった。それは誰にもある義理の仲への気遣いと遠慮である。しかし書き始めるとすぐに、このスポーツマンが主人公という作品の文学的魅力に誘われ、一行が十行に、そして百行と続き、思ったより早く完結するに至った。

書き終えて不思議な感慨が湧いている。如何なる思いがあったとしても、文学は一歩先に踏み込むことが大切、書くことの先に何かが見えてくる、と誰かに教えられたような気持になっている。

二義的な意味においても、前作『商人五吉池を見る』と比べて、作者とモデルとの距離感に大きな差があるか、自己検証することが出来ると思う。

この夏、2020東京オリンピックが、コロナ禍によって一年遅れで開催された。これも偶然とは言え、不思議な縁を感じている。『ラガーマンとふたつの川』の最終章は、一九六四年(昭和三十九年)東京オリンピック、になっている。戦争が終わって、十九年経った秋のことである。

コロナ禍のさなかの開催とは、だいぶ違うが、平和になったからこそ、こうして世界中のアスリートの競技を見ることが出来ると、喜んでいたひとが多かったことは事実だ。

文学少女時代、いや、大人になってからも〝スポーツは良し、文学は軟弱〟と言われ、肩身が狭かったことがある。しかし中高生時代、バスケット・ボールの選手だったことも、リレーの選手だったこともある。それならどうして文学を、と問われるなら、さらに文学が面白かったからです、と答えるしかない。

初校のゲラ到着を待つあいだ、誌友になっている「時空」誌に『八月の江ノ電風景』という十枚ほどのエッセイを書いた。出来上がった誌を読んで、もう一つ私のなかにスポーツがあった、と気付く。それは早く死に別れた父親の影響で、大の相撲ファンだったことが書かれていたからだ。一九五一年（昭和二十六年）春場所、初日から七連敗して、その後八連勝して給金直しをした前頭時代の栃錦関の根性に感動し、以来贔屓力士として応援するようになった。

小説を書くとき、何が役に立つかわからない。気付かなかった理由は、相撲取りに〝スポーツマンシップ〟という言葉は使わず、彼らは〝心技体〟に生きる、といつも思っていたからである。

何にしても、怖がらず、一歩踏み出す。これが第一である。

最後に、出版に際しお世話になった田畑書店の大槻慎二氏、装画に木口木版を寄せていただいた吉田庄太郎氏への感謝を申し上げると共に、大槻氏を紹介して下さった故長谷川郁夫氏に哀悼の意を捧げたいと思う。

二〇二一年九月　　彼岸花の咲くころ

庵原高子

庵原高子（あんばら　たかこ）
1934年、東京市麴町区（現東京都千代田区）に羅紗商人の第八子として生まれる。大家族に揉まれた強さもあるが、周囲に流される弱さもある。53年、浪人中に大学進学を諦めたのもその一つ。暗黒の日々を送る。白百合学園高校卒。54年、里見弴氏が顧問を務める劇団鎌倉座に入団。小説はそれ以前から書いていたが、56年、第一回中央公論新人賞に応募し、予選通過作品として名前が載り、粕谷一希氏より電話をもらう。58年、「三田文学」に「降誕祭の手紙」を発表。「文学界」11月号に全国同人雑誌優秀作として転載される。その年、結婚。翌年、同作が第40回芥川賞候補となる。同候補の山川方夫氏と知り合い、小説の指導を受けるようになる。61年、「三田文学」に6回にわたり長編「地上の草」を連載する。終了直前に妊娠に気づくが、書き続ける。妊娠中毒症になるも翌年無事出産。以後、育児と家事に専念し、創作から遠ざかる。89年、慶應義塾大学通信教育課程に入学。91年、坂上弘氏が編集長を務める「三田文学」に、30年ぶりに「なみの花」を発表。95年、慶應義塾大学文学部英文学科を卒業。97年に小沢書店より『姉妹』を刊行。2005年に『表彰』を、2013年に『海の乳房』を作品社から刊行。2018年、田畑書店より『庵原高子自選作品集　降誕祭の手紙／地上の草』を、2020年、『商人五吉池を見る』を刊行する。（著者自筆）

田畑書店

ラガーマンとふたつの川

2021年10月20日　印刷
2021年10月25日　発行

著者　庵原高子《あんばらたかこ》

発行人　大槻慎二
発行所　株式会社 田畑書店
〒102-0074　東京都千代田区九段南3-2-2　森ビル5階
tel 03-6272-5718　fax 03-3261-2263
本文組版　田畑書店デザイン室
印刷・製本　モリモト印刷株式会社

Printed in Japan
ISBN978-4-8038-0389-1 C0093
定価はカバーに表示してあります
落丁・乱丁本はお取り替えいたします